小学館文庫

めおと旅籠繁盛記

千野隆司

小学館

目次

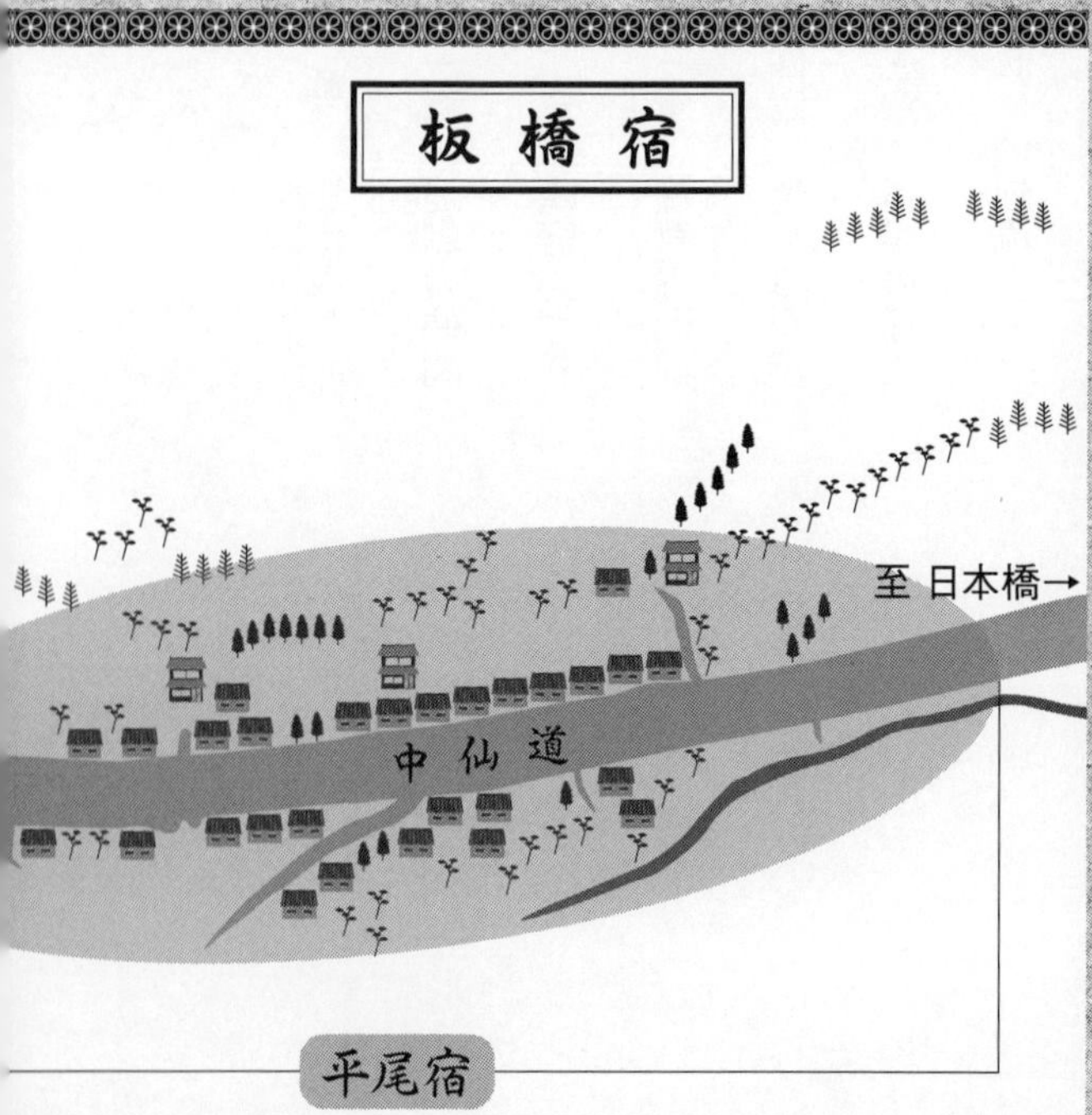

板橋宿
至 日本橋→
中仙道
平尾宿

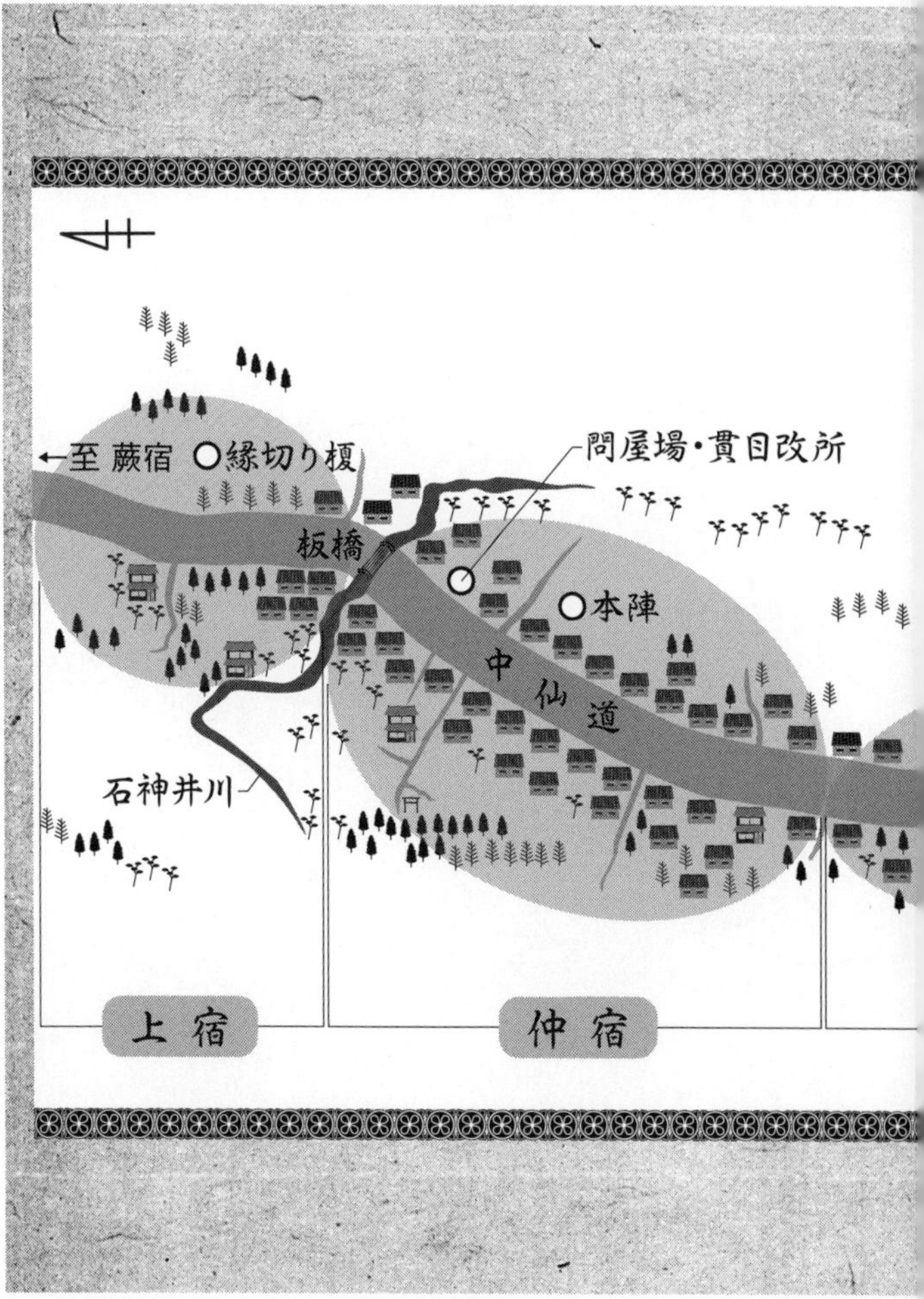

←至 蕨宿
縁切り榎
問屋場・貫目改所
板橋
本陣
中仙道
石神井川
上宿
仲宿

めおと旅籠繁盛記

前章　無宿者《むしゅくもの》一匹

一

障子紙が破れた明り取りの窓から、西日が差し込んでいた。空寺の本堂には、百目蠟燭《ひゃくめろうそく》や、八間行灯《はちけんあんどん》の用意ができている。

中央に縦に二枚置かれた畳には、真っ白な布が張ってある。これが盆御座《ぼんござ》になる。皺《しわ》一つなく、眩《まぶ》しいくらいだった。周囲には、座布団や煙草盆《たばこぼん》が並べられている。

四月一日のことだ。吹き抜ける風は、暑くも寒くもなく心地よかった。

小日向茗荷谷町《こびなたみようがだにまち》の空寺内の賭場で、客を迎える準備ができた。賭場の設営に当たって、指図をしたのが直次《なおじ》だった。客たちに飲ませる酒の用意もした。安酒ではない。上物の下り酒だ。

「まあ、これでいいだろう」

検分をした親分の熊切屋猪三郎《くまきりやいさぶろう》は、鋭い眼差《まなざ》しを直次に向けて言った。四十三歳、四角張った顔は艶のある赤銅色《しやくどういろ》で、恰幅《かつぷく》のよい体つきだ。睨《にら》まれると、ぞっとする。

「へい」

今の一言で、直次の胸にあった緊張がほぐれた。念入りにことを進めたつもりだが、小さな抜かりがないとはいえない。

小石川伝通院《こいしかわでんづういん》周辺の町を縄張りにする地回り熊切屋の賭場が、今夜開帳される。三日前にその支度を命じられて、三下《さんした》を使って本堂の掃除から始めた。いよいよ今夜から、三日にわたってここでの賭場が開かれる。表通りの商家の主人たちや、職人の親方たちが、主だった客だと伝えられていた。

掛け金が多くなれば、賭場に落ちるテラ銭の額も大きくなる。空寺とはいえ、熊切屋にとっては、大事な賭場といってよかった。

直次は、六年前に常州《じようしゆう》の生まれ在所《ざいしよ》を捨てて江戸へ出て来た。小作百姓の次男坊で、十五歳のときだ。

江戸へ出さえすれば、何とかなると考えていた。

ところがまともな仕事は荷運びなどの賃仕事だけで、それもたまにあるだけだった。天保《てんぽう》の飢饉《ききん》以降、町には逃散《ちょうさん》してきた無宿者が溢《あふ》れていた。手に職をつけられるような仕事はない。資金がないので振り売りもできないし、請《う》け人《にん》がないので裏長屋を借りることもできなかった。

ぐれて強請《ゆすり》やたかり、かっぱらいをして暮らしていたときに、猪三郎に拾われた。

「おれのところにいれば、食うには困らねえぜ」

賭場の手伝いや、喧嘩《けんか》騒ぎには駆り出された。失うものなど何もなかったから、何でもできた。

喧嘩相手を半殺しの目に遭わせて、逃げ出した。ついでに懐《ふところ》の銭もいただいた。悪いことをしたとは思わない。

見張りや下足番を経て、今では賭場の世話をする出方《でかた》をまかされるようにまでなった。

「次の開帳では、おめえを中盆《なかぼん》にする。しっかり見ておけ」

「へえ」

告げられて驚いた。賭場の進行をまかされる、大切な役目だ。ときに高額が動く賭場では、白熱すると誰もが興奮し、喧嘩騒ぎになりかねないこともあった。それを捌《さば》くのも、中盆の仕事だった。

「おれも、そういう役目をするようになったのか」

直次は満足だった。生まれ在所を捨てた無宿者の自分が、ここまできたという思いだ。

日が陰ってくると、客が来始める。見張りの三下が、客を連れてきた。おおむねこれまでの賭場で、顔を見てきた者だ。

「ようこそのお越しで」

これまでの遊びぶりで、どの程度の金を使うか、おおよその見当がついた。座る場所を、手で示した。

客が集まって、半裸の壺振《つぼふ》りが姿を現わした。半裸で壺を振るのは、いかさまはないと示すためだ。煙草の煙が、賭場を覆っている。

「入ります」

右手に壺、左手に二つの賽子《さいころ》を持った壺振りが、両手を客たちに示した。一瞬のうちに賽子は壺の中に投げられ、白布の上に伏せられた。

壺振りはほんの少しだけ壺を動かしてから、手を放した。殺気立った一同の目が集まる。

「丁だ」

「半だ」

声を上げながら、客たちは駒札を前に押し出した。

中盆は、素早く丁半の駒数が揃《そろ》っているかどうか確かめる。揃っていなければ、壺は上げられない。瞬時に見分ける耳と目が必要だ。

直次は中年の中盆の動きを、目で確かめていた。

「半方ないか」

中盆は声を上げた。丁の方が、賭けた者が多かったということだ。

「半だ」

声が上がる。駒札が出された。

「揃いました」

中盆が声を上げると、盆の周りは静かになった。

「開きます」

壺振りが、壺を持ち上げた。賽子は、三と四を上にしていた。

「シソウの半」

賽子を確かめた中盆が、一同に告げた。

「わあっ」

それで喚声《かんせい》が上がった。中盆が外れた者の駒札を集め、当たった者に配る。誰に何枚の駒札を配るか、もたもたしていては中盆は務まらない。

緊張が解けた客たちは、声高に喋《しゃべ》り合う。酒を飲んだり煙草を吸ったりする。

このときだ、見張りをしている三下が、直次のところへ寄ってきた。

「どうも外の様子がおかしいようで」

闇に何人か潜んでいる気配があると言う。

「何だと」

どきりとした。直次は、すぐに賭場を仕切る代貸《だいか》しに伝えた。

「町方の御検《おあらた》めか」

「まさか」

その気配は、これまでの開帳ではまったくなかった。博奕《ばくち》は御法度だ。何があるか分からない。だからこそ空寺を使っての開帳だった。

捕らえられたならば、面倒なことになる。

「何かあったら、真っ先に客を逃がさなくちゃあならねえぜ」

常々猪三郎は口にしていた。こういうときに無事に逃がしてやれば、客はまた銭を懐にしてやって来る。

盆では、次の勝負が始まっていた。客たちには、外の動きに気を配る者などいない。

「おめえの目で、確かめろ」

代貸しに命じられた直次は、外に出て闇に目を凝らした。できればこのまま、何事もなく終わらせたいのが本音だ。

けれども闇の中に、何か動く気配があった。

その直後のことだ、一斉に建物の周りの樹木が動いた。人の足音も響いている。

いきなり松明《たいまつ》の火が、目に飛び込んできた。

「御検めである」

そんな声が聞こえた。

直次は、本堂に駆け込んだ。盆を囲む者たちに、声を上げた。

「捕り方が現われたぞ」

それで客や熊切屋の子分たちは、総立ちになった。もう博奕どころではない。

「こっちへ、逃げてくだせえ」

代貸しが叫んだ。本堂の裏口に出る方向だ。子分たちもそれに従う。御検めがあったときなどの対応については、常々言われていた。

「いいか。何があっても捕り方に歯向かうんじゃねえ」

「どうしてですかい」

「それをしたら、向こうはとことんやってくる。おれたちは逃げればいいんだ」

博奕は御法度だが、目こぼしをされている部分もあった。賭場では胴元や客が逃げても、捕り方の面目を立てればそれでいいと見ていた。銭箱には、駒札を与えた分だけの金子《きんす》が入っている。

町方はそれを持ち帰れば、満足する。御検めのときは、それで仕方がないと猪三郎は見ていたのである。

「気をつけろ。こちらが捕り方を傷つけると、厄介なことになるぞ。向こうは引っ込みがつかなくなるからな」

客たちは指図をされるままに、取るものもとりあえず本堂から外へ出て行こうとする。しかし身軽ですばしこい者ばかりではなかった。足の悪い大店《おおだな》の隠居などもいた。

三下は捕らえられても、客たち、特に高額の銭を使ってくれる太い客は逃がさなくてはならない。

湯島《ゆしま》の大店の太物《ふともの》屋の隠居が慌てたらしく、何かに蹴躓《けつまず》いて転んだ。すぐには起き上がれない。

「旦那」

直次は駆け寄った。肩を貸して起き上がらせた。

このときだ。刺股《さすまた》を手にした捕り方が迫ってきた。先には尖《とが》った金属がつけられている。自分一人ならば逃げられるが、そうはいかない。

「行ってくだせえ」

隠居を先に行かせて、直次は捕り方の前に立ち塞がった。

刺股を手にした捕り方は、すでに身構えていた。素手では戦えない。直次はこの場を凌《しの》ぐために、懐の匕首《あいくち》を抜いた。

「やっ」

捕り方は刺股を突き出してきた。直次は横へ飛んだ。避《よ》けるだけで、相手を傷つけるつもりはなかった。

けれどもこのとき、捕り方がもう一人現われた。突棒を突き出してきた。躱《かわ》すつもりだったが、突棒の先は腰を掠《かす》った。

体がふらついて、足を踏ん張った。そこへ刺股がまた突き出されてきた。

直次は体を斜めにして、左手で目の前に現われた柄を抱え込んだ。奪い取ってやろうとしたのである。

体と体が近づいていた。直次は、脅しのつもりで匕首を突き出した。

相手はそれを避けず、刺股を強い力で回して外した。そして自分の方へ引いた。

「うわっ」

直次は声を上げた。刺股の先端から突き出た金具が、二の腕を突き刺したのである。掠り傷ではなかった。

体がぐらついた直次は、匕首を握ったまま前に倒れかかった。そこで刺股を手にした捕り方と体がぶつかった。

ほぼ同時に、右手の匕首が何かを突き刺した感触を伝えてきた。

「ああっ」

今度は刺股を手にした捕り方が声を上げた。

直次は、相手の腹を刺してしまっていた。

感触で、浅い傷ではないと分かった。刺さった匕首から手を放した。目の前にあった捕り方の体が崩れおちた。

直次は、外に向かって走った。左の二の腕には、焼き鏝《ごて》を押し当てられたような痛みがあったが、かまってはいられなかった。

建物から外に出ると、闇の中を夢中で走った。

「追えっ」

捕り方の声が響き、乱れた足音が近付いて来る。

「くそっ」

捕らえられるわけにはいかない。直次の匕首は、捕り方の腹に深く突き刺さっていた。とんでもないことをしてしまったという怖《おそ》れが、全身を駆け回っていた。

闇の道を走って行く。いくつかの角を曲がった。必死だった。どこをどう走っているかなどは分からない。

いつの間にか、背後にあった追っ手の気配がなくなっていた。体がふらついて転んだ。

すぐには起き上がれない。左腕に手をやると、袖が血でぐっしょりとなっていた。

腰の手拭いを抜いて、左腕の根元に巻き付けた。自分で止血をしたのである。

どれほどそうして蹲《うずくま》っていたか、ようやくのことで立ち上がることができた。

「このままここにいてはまずい」

という気持ちだった。ふらふらとしながらも、歩き始めた。

捕り方がいつ襲ってくるか分からない。少しでも賭場のある小日向茗荷谷町から離れなくてはならないと考えていた。

江戸の町の方へも行けない。自分の姿を見れば、町の者は捕り方に伝えるだろう。

腕に激痛がある。眩暈《めまい》もした。立ち止まってしまったら、もう動けないと分かった。歩き続けるしかなかった。

ほんの少し前までの、賭場に満ちていた緊張感が、夢の中の懐かしい出来事のようだった。

「くそっ」

捕り方を傷つけてしまった。腹を刺したので、殺してしまったかもしれない。

そうなるともう、江戸はもちろん、熊切屋へも戻れない。

全身が震えた。腕の痛みのためだけではなかった。

「親分は、腹を立てていることだろう」

戻れば、捕り方に突き出される。猪三郎は、そういう男だと思っていた。それでことを収めるのである。

互いに信頼する気持ちがあったから繋《つな》がっていたのではなかった。互いに都合よく、利用できればそれでよかった。

使えないやつや邪魔者は切り捨てる。それでいいと思っていたが、いざ自分が追われる身になると、寂しさや悔しさ、怒りや無念、恨みも胸の中に湧いた。腕の痛みが、不安や怯《おび》えを掻《か》き立てる。

直次の胸にあるのは、何物もなくなってしまったという気持ちだった。十五歳のとき、裸一貫で江戸へ出て来たときと同じだ。

どれくらいの間歩いたか。よく見えないが、田圃《たんぼ》の道も歩いたような気がした。川を一つ越えた。

いつの間にか、人家のない街道に出ていた。闇の中に建物が見えた。傍《そば》まで来て、地蔵堂だと分かった。

「ここならば、雨露を凌げそうだ」

そう思ったら、もう動けなくなった。堂の中に入り込むと、そのまま意識がなくなった。

男の叫び声と乱れた複数の足音で、直次は目を覚ました。体を動かそうとすると、全身に激痛が走った。

何とか上半身を起こした。

まだ暗い。足音は、前よりも近づいてきていた。捕り方が近づいてきたのだと察した。

すると女の悲鳴が聞こえた。捕り方に、女がいるとは思えない。とはいえ余計なことは考えられなかった。頭にあるのは、捕り方から逃げなくてはならないという一点だけだった。

痛みは消えないが、直次は立ち上がった。地蔵堂にいてはまずいと、朦朧《もうろう》とした頭で考えた。地蔵の錫杖《しゃくじょう》を手に取って、杖《つえ》代わりにして歩き始めた。

二

「どうぞお気をつけて」

夜明けにはまだだいぶ間があるが、旅籠《はたご》の朝は早い。早立ちの客に、お路《みち》は声をかけた。

昨日のうちに握り飯を頼まれた客には、竹皮包みを渡す。まだ温かい。

「ありがとうよ」

江戸へ向かう者もいるが、おおむねは戸田《とだ》の渡を越えて中仙道《なかせんどう》を歩き、さらに遠方に向かう。旅籠松丸屋《まつまるや》は四宿《ししゅく》の一つ板橋《いたばし》宿のうちでも荒川《あらかわ》に近い外れ、上宿《かみじゅく》にあった。

「近頃はこの街道に、旅人を狙う追剝《おいはぎ》が出るっていうことですよ」

「怖いですね」

「ええ。何人もで現われて、刃物で脅して路銀を奪うんだそうです」

旅人同士が、草鞋《わらじ》の紐《ひも》を結びながら話している。

この二月《ふたつき》ほど、板橋宿の周辺では、追剝が出没していた。二、三人で襲うこともあれば、十人くらいで囲んで奪い取ることもあった。路銀や各地で集めてきた商いの金子が奪われる。

奪われる方はたまらないから、長脇差《ながわきざし》で歯向かう。旅人は商人でも護身のために、おおむね長脇差を腰にしていた。

しかし相手は手慣れた者たちで、歯向かった旅人は大怪我《おおけが》をした。命を失った者もいる。

「戸田の渡までは、ご一緒の方がよろしいのでは」

「ぜひ、そうなさいまし」

旅籠の主人喜兵衛《きへえ》と女房のお久《ひさ》は、二人の客に言った。一人より、二人の方がいい。

「そうだねえ。ではそうしましょうか」

旅人は知らぬ者同士らしいが、一緒に出て行った。娘のお路は、次の客に握り飯の用意をしてやっていた。

板橋宿は中仙道の最初の宿場だ。五街道、すなわち東海道《とうかいどう》と中仙道、甲州《こうしゅう》街道、奥州《おうしゅう》街道、日光《にっこう》街道のうち、もっとも往来が盛んだったのは東海道だが、それに次ぐ賑《にぎ》わいを見せたのが中仙道だった。

板橋宿には、五百七十戸ばかりの建物が並んだ。宿内に住まう者は二千五百人弱で、旅籠は五十四軒あった。旅籠の中には多数の飯盛《めしも》り女を置くところもあって、旅人でなくても足を向けてくる者がいた。

旅籠松丸屋は、喜兵衛とお久の夫婦と、娘のお路の三人で商っていた。飯盛り女は置いていない。

借金の形《かた》に連れて来られた者たちに春を鬻《ひさ》がせて稼ぐのは、喜兵衛の性に合わない。旅籠は女郎屋ではないのだから、泊り賃で稼ぐべきだという考え方だ。お久とお路も同じ思いだった。

板橋宿は、京側の上宿、そして仲宿《なかじゅく》、江戸に近い平尾宿《ひらおしゅく》の三つの宿の総称として呼ばれた。本陣や問屋場《といやば》、貫目 改 所《かんめあらためしょ》は仲宿に設けられていた。

上宿にある松丸屋は、建物は古いし修理も充分にできていなかった。宿内では指折りに繁盛しない旅籠だと、陰口を叩《たた》かれていた。少なくない借金もあって、必要な修理もできないのが、喜兵衛を始めとする家族の悩みの種だった。

「あっ、いけない」

お路が声を上げた。

「どうしたんだい」

「さっきのお客さんに、うっかりして握り飯を渡すのを忘れてしまったの」

喜兵衛に問われたお路は、慌てた様子で答えた。二人連れになったうちの一人だ。客も気づかなかったのだが、こちらとしては宿賃の他に握り飯の代も受け取っていた。そのままにはできない。

「あたし、追いかけて届けてくる」

お路は、竹皮包みを手にして通りへ飛び出した。東の地平が、微《かす》かに赤みを帯びてきたところだ。

街道はまだ暗い。大木戸を抜けて、さらに先に進んだ。縁切り榎《えのき》のあたりに来ると、街道の両脇は田圃や雑木林になる。提灯《ちょうちん》を手にした旅人の姿がないわけではないが、極めて少なかった。

遠くに二人連れの旅人の姿が見えた。お路は足を速めた。とそのときだ。抜身の長脇差を手にした五、六人の男が駆け寄って来た。

「わっ」

二人の旅人は逃げようとしたが、五人に囲まれた。追剝が現われたのである。逃げられないと悟ったらしい旅人たちも、腰の長脇差を抜いた。応戦するつもりだ。

「盗人だよ」

お路は駆け寄りながら、声の限り叫んだ。人家はまばらだし人気《ひとけ》も少ないが、人っ子一人いないわけではなかった。

二人の旅人は応戦するが、相手は多数の荒くれ者だった。どうにもならない。翻弄されている様子だった。

　それでもお路は、争う男たちと数間のところまでやって来た。すると追剝の一人が、お路のもとへ寄ってきて肩を摑《つか》んだ。卑し気な笑いを浮かべていた。

「何をするんだよ」

　もがいたが、摑まれた手は外れない。地べたへ突き倒された。手にあった提灯が地に落ちて、ぼうと燃えた。

　お路は手元にあった石を拾った。思い切りの力で投げた。やられっぱなしになっているつもりはなかった。

　石が男の顔に当たった。額が切れている。

「このあまっ」

　男が怒って、押しかかって来た。こうなるとお路には、何もできない。足をばたつかせただけだった。

　だがこのとき、人が寄ってきた。賊の一人かと思ったが、そうではなかった。片手の錫杖を手にした、ふらついた男である。燃えた提灯の炎で、姿が見えた。片手の袖は赤黒く染まっている。においで、血にまみれているのだと分かった。

　髪と着物は乱れて、凄惨な様子だ。

　その男が、お路を襲おうとしている男に錫杖を突き出した。鬼気迫る形相だった。

追剝は複数で歯向かうが、男は錫杖を振り回した。死ぬならば死んでもいいという気迫が、男から伝わってきた。

賊の一人が腕を怪我すると、他の追剝たちは散り散りに逃げ出した。

「大丈夫ですか」

襲われた旅人たちが、お路の傍に駆け寄って来て立たせてくれた。

二人の旅人とお路は、掠り傷を負った程度だった。金子は奪われていなかった。

旅人は、道に落ちた握り飯を拾って道を進んだ。戸田の渡の最初の舟が、そろそろ出る頃である。

お路は、錫杖を握った先ほどの男が地べたに倒れているのに気がついた。意識が朦朧としている様子だった。

濃い血のにおいが、鼻を衝《つ》いてくる。

今、傷つけられたのではない。何かがあって傷つき、それからこの場に現われたのだとは推察できた。

「しっかりして」

このままにはしておけない。助けられたことは間違いなかった。

お路は男に肩を貸して、街道を歩き始めた。何度も転びそうになったが、どうにか松丸屋へ辿《たど》り着いた。

「ど、どうしたんだい」

お路と血だらけの男の姿を目にしたお久は、驚きの声を上げた。喜兵衛も出て来て、傷ついた男を二人で布団部屋へ運んだ。手早く事情を伝えて、汚れた着物を脱がせて寝かせた。

喜兵衛が、医者を呼びに行った。やって来たのは、馬医者の午拾《うまじゅう》という者だった。宿場には人を診る医者もいたが、往診に出ていた。

午拾は宿場の馬を診るのが仕事で、歳《とし》は六十を越しているはずだが、はっきりしたことは分からない。蓬髪《ほうはつ》で、六尺近い体躯《たいく》だ。顔は赤く酒焼けをしていて、熊を思わせる。

「人の怪我も、治せるんですか」

お路が言うと、午拾はむっとした顔になって返した。

「馬だって人だって、同じ生き物だ」

お路は息を呑《の》んだ。

「こいつ、だいぶ血を流している。手当てがもう少し遅れていたら、死んでいただろう」

傷口を縫って、手当てをした。家中の者が手伝った。小さな刃物傷や打撲は、他にもあった。

汚れた顔や首筋を、濡れた布で拭いてやった。現われたのは二十歳をやや過ぎた印象の、鼻筋の通った顔だった。どこかに、荒《すさ》んだ気配があった。

「この人が現われなかったら」

とお路は思った。自分はどうなっていたか分からないし、あの旅人たちは金を奪われ、場合によっては命を奪われたかもしれなかった。

お路は、快復するまでは、男の世話をすることにした。

「いったい何があったんだい」

斜め向かいの、茶店の女房が声をかけてきた。お路が男を連れて来たときの様子を見ていたらしい。かいつまんで事情を話してやった。治るまで置いておくことも伝えた。

「なるほど。追剝から、命懸けで助けてくれたわけだね」

「ええ」

「でもいいのかね。名も分からない、得体の知れないやつを」

女房は言った。

「でも恩人だから」

お路は答えた。喜兵衛とお久も同意した。

「追い出すわけにはいかないよ」

午拾の手当てが済んだ後、男は眠りについた。よほど衰弱していたかに見えた。

夕暮れ近くになって、男は目を覚ました。

「ここは、どこですかい」

掠れた、やっと出した声だった。見知らぬ場所にいると感じたのだろう。

「板橋宿の松丸屋という旅籠だよ」

簡単に、運ばれるまでの話をした。

「あんたは」

「この娘で、路っていう者さ」

「世話に、なりやした。あっしは、な、直次ってもんで」

名乗ったが、それ以上のことは何も言わなかった。言えなかったのかもしれない。熱があって、そのまま寝てしまった。

荒んだ気配は感じたが、悲し気な眼差しだと思った。

「二の腕の傷は、刃物でやられたものだ」

様子を見に来た午拾が言った。深手だが、ときさえかければ、治るだろうと言い足した。

宿場の馬医者で、人を診る医者よりも低く見られているが、そんなことは気にする様子もなかった。よほどの酒好きらしいが、お路はこれまでまともに話をしたことはなかった。

二十年くらい前に宿場に流れ着いた者だと、お路は聞いている。以前は諸国流浪の旅をしたらしいが、今は宿場の馬医者として重宝がられていた。

「いずれ、事情のある者だろうよ」

怪我の痕を検めた午拾は、直次と名乗った男に目を向けて言った。

第一章　追剝《おいはぎ》の仲間

一

外はまだ暗いが、鶏の鳴き声と廊下を歩く人の足音で、直次は目を覚ました。左手を動かそうとして激痛が走り、呻《うめ》き声が出た。

昨日目を覚ましたとき、枕元に娘がいて、ここは板橋宿の旅籠だと伝えられたのを思い出した。宿泊した旅人が、発《た》っていこうとしているのだと気がついた。

昨日のように朦朧とすることはないが、少しでも体を動かすと激痛が走った。

完治にはほど遠い。

松丸屋という屋号の旅籠だと思い出した。怪我をしながらも、小日向茗荷谷町から板橋宿まで逃げてきたのだと分かった。数人の追剝が、旅人二人とお路という娘を襲っていた。

直次は、男たちが捕り方だと考えた。

ここまで追ってきたのならば、もう逃げられないと覚悟を決めた。死ぬ気で抗《あらが》うつもりだった。どうせ死ぬならば、相手も巻き添えにする。失うものは何もない。一人や二人、殺してやるつもりでいた。

夢中で、襲ってくる相手に歯向かった。相手が逃げたところで、気が遠くなった。気づいたときには、この布団部屋へ寝かされていて、爺《じい》さんの医者に手当てをされた。針で傷口を縫われたが、痛さで呻いた。

お路は、追剝から助けられたと思っているらしい。直次にしてみれば、そんなつもりは微塵《みじん》もなかった。相手が名乗ったので、ついこちらも名を口走ってしまったが、今になってそれが気になった。

半分、熱に侵されていた。手当てをされたことへの安堵《あんど》で、気が緩んだのかもしれなかった。

捕り方ではないと知って、ほっとした。寝ているのは布団部屋らしいが、それでもありがたい。

話し声が聞こえる。起き上がろうとしたが、体が動かなかった。目を閉じると、また眠ってしまった。

次に目を覚ましたときには、明り取りの窓から日が差し込んでいた。そのとき、襖《ふすま》が開かれた。現われたのは、昨日の娘だった。

廊下などから、人の気配は伝わってこない。泊り客は、すでに出た後らしかった。

「具合はどう」

「……………」

「お腹《なか》は空《す》かないかい。昨日は、何も食べていなかったからね」

粥《かゆ》を拵《こしら》えてきてくれたらしかった。空腹だとは感じなかったが、食べることにした。起き上がれないので、横たわったままで、お路が匙《さじ》で粥を口まで運んでくれた。

熱い粥は、腹に染みた。

「どうだい。これで少しは力が出たんじゃないかい」

食べ終わったところで、お路が言った。

「ありがてえ」

自然とこの言葉が出た。本音だった。

「遠慮はいらないよ。ここはおとっつあんとおっかさんとあたしの三人でやっているんだ。気にすることはない」

喜兵衛とお久という名だそうな。

「傷口を縫う間、皆で手足を押さえていたんだよ」

「すまねえな」

「でも、ずいぶん酷《ひど》い怪我だったねえ」

お路は、腕の怪我のことを言っていた。

「ああ」

怪我の理由を問われたら、何と答えようかと考えた。

名は名乗ったが、それ以外のことは言わなかった。相手は堅気の家の者だ。怪我をした理由やこれまでの暮らしが分かれば、追い出されると思った。

「世話をしてくれるならば、なってやりゃあいい」

という気持ちがあった。ありがたいとは感じているが、直次は人を信じていない。素性が分かれば、この娘にしても親たちにしても、自分を捕り方に突き出すだろう。

「治ったら、路銀を拝借しておさらばさ」

と胸の内で呟《つぶや》いた。もちろん路銀を返すつもりなど、さらさらなかった。

けれどもお路という娘は、怪我の理由について問いかけてこなかった。それは幸いだった。

夕方になって、泊り客がやって来た。直次はうとうとしながら、その様子を遠くに聞いていた。


一夜が明けた。泊り客は、それほど多くない様子だった。出発にあたってのやり取りが、布団部屋にいる直次の耳に入ってくる。

「夕べ寝ていて、虫に刺された。こんなに腫れて、どうしてくれる」

絡む客がいた。他にも出立する客がいるところでだ。

「そりゃあ、たいへんで。あいすみませんねえ」

喜兵衛は謝った。

「すまないと思うなら、泊り賃を半分にしてもらおうじゃないか」

「いや、それは」

「どうしてだい。客に迷惑をかけたんだぜ」

難癖をつけている。宿賃を値切るのが目当てだろう。

「ですがそれは、虫のしたことでして」

喜兵衛の、おろおろする様子が伝わってくる。

「何だと。虫がこられないように気を配るのが旅籠の務めではないか」

ここで傍で聞いていたらしいお路が声を上げた。

「お客さん。冗談じゃありませんよ。飼っていた毒蛇が現れたわけじゃなし。たかだか虫じゃないですか」

なかなかの剣幕だ。

「しかし刺されたことに変わりはない」

やや引いた口ぶりになった。お路の剣幕に押されたようだ。

「じゃあ、軟膏《なんこう》を塗って差し上げますよ」

お路は塗ってやったらしいが、旅籠代は負けなかった。手間のかかる客だった。

そして最後の客も、厄介なことを口にした。

「旅籠賃が、少し足りません」

「えっ。初めに、話しましたよ」

喜兵衛が言い返した。入るときに、交渉をしていた。

「そうでしたっけか、覚えていませんが」

半分くらいしかないらしい。

「何とかしていただかないと困りますよ」

旅籠が、宿賃がないと言われて「はいそうですか」と引き下がるわけにはいかないだろう。直次にも理解できることだ。

ここは喜兵衛も粘ったが、ないものはないと相手は言う。

「じゃあ、宿役人のところへ行きましょう」

「いや、それはちょっと」

客はごねた。住まいは江戸の神田小泉町《かんだこいずみちょう》で、これから帰るところだという。

「ならば家に着いてから、持ってきます」

客は言った。そのまま逃げるのだろうとは、誰でも察しがつく。

「ならば、私がついていきます」

とお路が口を出した。物言いから、腹を立てているのが伝わってきた。

「それには及ばない。たいへんでしょう。必ず持ってきますから」

私を信じてくださいなと付け足した。

「じゃあ、そういうことで」

喜兵衛は根負けしたのかもしれない。

「だめだよ、おとっつあん」

「いいじゃないか。そうおっしゃっているんだから」

なだめるような口ぶりで、喜兵衛はお路に言い返した。

聞いていた直次は舌打ちをした。

「持って来るわけがねえ」

と呟いた。初めから、払う気なんかないに決まっている。

「殴れば、どこかから銭を出してくるようなやつだ」

喜兵衛の人の好《よ》さが歯痒《はがゆ》かった。

「じゃあ必ず」

客が去ったところで、入れ違うように午拾が姿を見せた。直次の怪我の具合を診に来たのだ。

「喜兵衛のやつは、人が良くてなあ」

午拾は、今の客とのやり取りを見ていたらしい。腕の布を取り換えながら言った。

「どうもそのようで」

直次は返した。よほどどやしつけに行こうかと考えたほどだ。

「わしが宿場に流れ着いた二十年前は、この旅籠も繁盛していたのだが、あんな調子だからな」

「………」

「すっかり廃れちまった。お路がいなければ、とっくに潰れているだろうよ」

「なるほどね」

嗤《わら》い混じりに言った。

「しかしな、あれで救われる旅人もいる。おまえのようにな」

と言われて、どきりとした。

「そりゃあそうだ」

と胸の内で呟いた。自分は一泊の宿賃の半分もない。無一文だ。

「どうだ、具合は」

午拾は話を変えた。

「だいぶいいようで」

手当ては乱暴だが、よくなっているのは確かだった。

「まあ、治るまではここにいたらいい。おまえも、行くところはないのだろう」

見透かされていた。やくざ者だと分かっているはずだが、怖れる気配はなかった。この爺さんも曲者《くせもの》らしかった。

二

さらに三日が過ぎた。腕の傷はまだ完治にはほど遠いが、直次は寝床から出て、簡単な仕事ならばできるようになった。

右手は動くから、昨日は客の使う部屋の掃除をした。今日から建物の裏手に出て、薪割《まきわり》を始めた。表通りや、客の前には出ない。目立たないようにした。薪割は、生まれ在所にいた幼い頃からやらされていた。

「あれから賭場はどうなったか」

誰もいないところで呟いた。自分が刺した捕り方のことも考えた。死んでしまっていたら、自分は人殺しだ。捕り方はそのままにはしない。熊切屋猪三郎も、追っ手を出すのではないかと考えた。

何であれ直次は、猪三郎の子分だった。捕らえることで、町奉行所からの受けをよくしようとするだろう。

猪三郎は直次を賭場の中盆にすると言った。それは使えると踏んだからだ。使えないとなれば、野良犬よりも価値がない。

凶状持ちになった気分だった。

「一宿一飯の恩義ってえものがあるからな」

倒れた次の日、意識が戻ると、お路は粥を拵えてくれた。その後も、前のことは穿鑿《せんさく》せずに置いてくれていた。

「さあ。しっかり食べないとね」

粥を食べさせてもらった翌日からは、喜兵衛とお久、お路と同じ食事を食べるようになった。起き上がることができるようになれば、内臓を壊した病とは別物だ。

熊切屋にいたときとは違って、質素な食事だった。夜でも飯と味噌汁《みそしる》、香の物の他に一品がつくだけだ。鰯《いわし》の目刺とか、竹輪《ちくわ》の煮付けといったものである。

熊切屋では、刺身が出ることもあった。大皿に盛られた、取り放題の煮しめもあった。

ここでは飯も、玄米に麦が交じっていた。先日の粥の白米は、特別だったのだと今になって知った。

とはいえ、生まれ在所にいたときよりもはるかにましで、不満はなかった。

旅籠の客には癖のあるいろいろな者がいるが、暮らしは穏やかだった。ただ建物は古く、修理も充分にできていない。畳も古いし、客用の布団も日に当てているが継当てが目についた。

お路ら家族は働き者だ。泊り客が出た後は、掃除や布団干し、貸し出す浴衣《ゆかた》の洗濯などをした。

喜兵衛はさらに、宿場の仕事もきちんとしていた。溝浚《どぶさら》いや木戸の修繕などの手伝いだ。宿駅の諸経費を賄う宿入用の金子も出している。

これは傷の様子を見に来る午拾から聞いた。

松丸屋は板橋宿内では繁盛しない、いつ潰れてもおかしくない旅籠だと過ごすうちに分かった。銭のある旅人は、うらぶれた松丸屋には泊まらない。節約したいと、懐と相談しながらやって来る客がほとんどだった。

「どこにも、しこたま儲《もう》けるやつと、そうでないやつがいる」

熊切屋猪三郎は、儲ける方だ。そして儲けられない、大勢の者がいる。

ここで直次は、来《こ》し方《かた》を振り返った。

「おれのおとうは、地べたを這《は》いずるだけで終わった」

ああはなりたくないと思って、これまで過ごしてきた。

常陸《ひたち》国行方《なめがた》郡の小作百姓の次男に生まれ、百姓代の家に奉公したが、不作続きのためにいられなくなり、六年前に村を捨てた。当時直次は、十五歳だった。そのときは父も母もすでに亡く、在所には姉だけがいた。その姉は、親が残した借金のために売られた。地べたを這いずり回っている両親の代わりに、一つ違いの姉は可愛《かわい》がってくれた。姉を慕う気持ちはあったが、女衒《ぜげん》に連れて行かれた後のことは分からない。

その姉のことだけは、今でも思い出す。

江戸に出さえすれば何とかなると胸をときめかせたが、まともな仕事はなかった。それでも食わなくてはならない。

町の破落戸《ごろつき》として嫌われ者になっていたとき、地回りの熊切屋猪三郎に拾われた。

熊切屋のことが、気にかかった。今さら取り返しがつかないが、猪三郎が受け入れてくれるものならば戻りたい気持ちがあった。

「おれも、甘《あ》めえな」

直次は自分を嘲笑《あざわら》った。

昼下がり、喜兵衛を訪ねて、蕨《わらび》宿の駕籠《かご》屋岩津屋《いわつや》の主人傳左衛門《でんざえもん》なる者が訪ねてきた。周りにいる者には、睨《ね》め付けるような目を向ける。直次は離れたところから顔や姿を見て、傳左衛門に猪三郎と似たにおいを感じた。銭のためならば、何でもするやつという意味だ。

気になったので、廊下でやり取りを聞いた。

「なかなか旅籠稼業も、難しいようですね」

同情する物言いだ。親切そうだが、繁盛していないことを前提とした言葉だった。

「はあ。まことに」

「御用があったら、いつでもお声掛けください」

岩津屋は慇懃《いんぎん》な物言いを続けている。

「ありがとうございます。しかしお返ししなくてはならない分もありますので」

喜兵衛は、岩津屋から金を借りているらしかった。どこかに卑屈さがあった。そういう感情を、直次はすぐに嗅ぎ取ることができた。

「利息は、月のうちに持参をいたします」

元金は返せないが、利息だけは月末に払っている様子だった。

「お困りなことがあれば、さらに役立てさせていただきますよ」

もっと貸してもいいという申し出だが、喜兵衛の様子を見ていると、返済額はそれなりにあるらしかった。

借りたいが、もう借りられないといったところなのだろう。

「いやいや、利息のお支払もありますので」

喜兵衛は返した。

「水臭いですねえ。松丸屋さんとうちとの仲ではないですか。そういうことは、お気になさらずどうぞ」

そして岩津屋は、茶を出したお路にも声をかけた。

「ますます、おきれいになって」

間違ったことを口にしてはいないが、下心は見え見えだった。

「ふん。狼《おおかみ》が、仏の面を被《かぶ》っていやがる」

直次は小さく呟いた。貸すだけ貸して、旅籠とお路を取り上げようという腹だ。

それならば、首が回らなくなるまで貸すだろう。

悪党の腹の内はよく見える。そして松丸屋の内証《ないしょう》が、だいぶ厳しそうだと分かった。

とはいえ、借りている金高や返済期日は分からない。問いかけるわけにはいかなかったし、直次にとってはどうでもよいことだった。

それからどうでもいいような話を少しばかりして、岩津屋は引き揚げた。

三

岩津屋が帰って、直次は外の通りに面した連子窓《れんじまど》から、街道の様子を見ていた。まだ動けば、左腕に痛みが伝わる。

街道には旅人の姿は絶え間なくあり、近郷から買い物に出てきた百姓らしい者の姿もあった。話し声が聞こえれば、耳を澄ませた。

熊切屋の賭場の、その後が気になるからだ。賭場に、町奉行所の御検めがあった。それについての噂話《うわさばなし》があるならば聞きたかった。自分は、捕り方に追われていることだろう。

しかし小日向茗荷谷町の空寺を使った賭場の御検めにまつわる騒動については、まれに耳にするだけだった。そういうことがあり怪我人が出たというくらいで、具体的なことは分からない。

そういう話をしていた者に問いかけたかったが、怪しまれそうなので、尋ねることはできなかった。

ただ死人が出たという話は聞かない。

「刺した相手は生きているのではないか」

と呟いてみた。けれどもそれは、自分に都合のいい考え方だと苦々しい思いになった。

そこへ喜兵衛を訪ねて、定之助《さだのすけ》という者が顔を見せた。直次よりも、一つか二つ歳上に見えた。丁寧な物腰で、腰も低かった。身に着けているのは絹もので、月代《さかやき》もきちんと剃《そ》っていた。

「下野屋《しもつけや》さんは、繁盛しているようですね」

「いや、それほどではありませんよ」

直次はそのやり取りを、廊下の雑巾がけをしながら聞いている。定之助は、仲宿で代々続く下野屋という屋号の提灯屋の若旦那だと知れた。

携帯用の提灯は、旅人の必需品だ。

「おとっつあんの、風邪の具合はいかがですか」

「お陰様で、よくなりました」

やり取りから、松丸屋とは親しい間柄の者だと察せられた。

「近頃は、ちょくちょく追剝が出る。無宿者もそれなりにいるから、気をつけなくちゃいけません」

「まったくだねえ。あいつらは、怖いものなしだからねえ」

喜兵衛が応じている。定之助は取り立ての用があって来たのではないらしかった。

「現われて路銀を奪ったら、賊はすぐに消えちまうからねえ。やられた後では、どうにもなりません」

「怪我人も出ているそうじゃないか」

「そうですよ。亡くなった人もいると聞きました」

「怖いねえ」

「宿役人も人を使って捕らえようとしているが、うまくいかないらしいですよ」

定之助はため息を吐《つ》いた。追剝は神出鬼没らしい。そのまま続けた。

「追剝に襲われるとなると、宿場に人が泊まらなくなる。明るいうちに、さっさと行き過ぎてしまいます」

「それじゃあ、宿場に銭が落ちませんからねえ」

喜兵衛がため息を吐いた。

「まったくです」

提灯の売り上げが減っていると、定之助は言った。旅の者は、提灯を使う前に宿を取るか、宿場を通り過ぎてしまうとぼやいた。

「うちだって、泊まってもらわないと困りますよ」

そうでなくても、松丸屋の商いはうまくいっていなかった。喜兵衛は、またため息を吐いた。

「はい。宿全体が、寂れてしまいます。飯盛りも、茶を引くようになっているとか」

定之助が言った。板橋宿の旅籠では、飯盛り女を抱えている旅籠も少なからずあった。食事の世話をするというのが名目だが、実質はそれだけではなかった。旅人の、夜の世話をした。

板橋宿には百五十人ほどがいて、旅人だけでなく江戸ご府内や近隣の村から、飯盛り女を目当てにした客がやって来た。

少なくない銭を、それで宿場に落としたのである。直次も、板橋宿で遊んだことがあった。

そこへお路が顔を出した。定之助が声をかけた。

「お路ちゃんも何があるか分からない。昼間でも気をつけないとね」

優し気な口ぶりだった。岩津屋とも違う、機嫌を取るような言い方だ。

「ははあ。こいつはお路に気があるな」

と直次は察した。若旦那というのならば、独り者なのか。お路には、定之助に気があるようには見えない。

直次にはそれが、なぜか愉快だった。


昼も八つ過ぎになると、旅籠は暇になる。掃除も終えてすることがなくなると、一つのことが頭に浮かんでくる。

直次はずっと、小日向茗荷谷町の空寺内の賭場や伝通院門前白壁町《しらかべちょう》の熊切屋のことが気になっていた。気にしないようにと思ってはいても、ふっと頭をよぎってしまう。

「くそ」

未練がましいとは思いながらも、様子を見に行きたい気持ちに逆らえなかった。

喜兵衛に、一刻半《いっときはん》ほど出かけさせてほしいと頼んだ。

「気をつけて行ってらっしゃい」

するとと話を聞いていたらしいお路が顔を出した。

「まだちゃんと治っていないからね」

と告げられた。そのときは何とも思わなかったが、歩き始めてからお路の言葉が頭に浮かんだ。

「松丸屋にとって、おれはいなくていい者のはずだ」

熊切屋のように、何かで利用しようとは思っていない。治るまでは、ここの住人という見方をしていた。

「まったく、お人好しだぜ」

何か裏があるのかとも考えてしまう。自分がひねくれ者なのは、分かっていた。だが、期待したことは、これまで何度も裏切られてきた。

それでも気になるのは、やはり賭場と熊切屋だった。

まず小日向茗荷谷町の空寺内の賭場へ行った。近づく前に、頭から手拭いを被った。慎重に、様子を見ながら近づいた。

「ああ」

毎日頭を離れなかった建物だ。人の気配はなく、荒れたままになっていた。周辺を歩いたが、すでに賭場として使われていないと見えた。

意を決して、中に入った。本堂の中は、あのときのままだった。よじれた白布に、いくつもの足跡が残っていた。賽子が落ちていて、手に取った。代貸しが手元に置いていた銭箱は、なくなっている。駒札を売った銭で、中は埋まっていたはずだ。

それから小石川伝通院門前の白壁町へ行った。離れたところから、熊切屋の様子を窺《うかが》った。

表稼業は口入屋《くちいれや》だから、仕事を求める者がやって来る。それなりの人の出入りはあって、変わった気配はなかった。

しばらく見ていると、若い衆が出てきた。気心の知れている男だった。何度も酒を飲ませてやった。

しばらくつけてから、声をかけた。

「おや直次さん。無事だったんですね」

と言ったが、嬉《うれ》しそうではない。しきりに周囲に目をやっている。

「ああ。その後、どうなったか気になってよ」

あえて軽い口ぶりで言った。自分よりも若い者に、弱味は見せたくなかった。

「何を言ってるんですか。駄目じゃないですか、こんなところへ来ちゃ」

慌てぶりを目の当たりにすると、言葉通りの状況なのだと思った。

「親分や代貸しは、怒っていなさるんだな」

「そりゃあそうですよ。捕り方を傷つけちゃいけねえと言われながら、兄いは刺しちまったんだから」

「死んだのか」

これが一番、気になるところだった。

「死にゃあしませんがね。重傷だったようで」

「そうか」

ほっとした。相手の安否についてではない。厳しい追跡ではなくなるだろうという意味でだ。

若い者は直次の布を巻いた左腕に目を向けたが、怪我を気遣う言葉はなかった。

「捕り方は、腹を立てているわけだな」

「そりゃあそうでしょう。重い傷を負わされたんですから。親分はその筋へ、だいぶ払ったようです」

「なるほど」

ならば猪三郎は、相当自分に腹を立てていると思った。余計な銭を使わせたからだ。

「でもよ。おれとしては、客を逃がすことを真っ先に考えて、あいつらに向かったんだぜ」

命懸けだったんだと付け足した。賭場の客を守ろうとしたのだ。そこは分かってほしいという気持ちがあった。

「見つかったら、ただじゃ済まねえ。早く離れた方が」

若い者は言った。こちらの気持ちは伝わらない。この場から、さっさと消えろと言わんばかりだった。

騒いだり捕らえようとしたりしないだけましということか。これが猪三郎の気持ちなのだと察した。

「そうかい」

波立つ気持ちを、無理やり抑えた。一人では、捕り方にも猪三郎にも歯向かうことはできない。

「兄いは、今どこにいるんですかい」

と訊《き》いてきた。

「そいつぁ言えねえさ」

足早にその場から離れた。ずきんずきんと、腕に痛みが響いた。

四

ささくれ立った気持ちで、直次は板橋宿の手前まで戻って来た。

「おれを必要とする者は、どこにもいねえ」

熊切屋には、居場所がないことがはっきりした。ひょっとしたらまた受け入れてもらえるのではと考え、様子を見に行った。自分の甘さにも腹が立っていた。

猪三郎は、非情な男だ。分かっていたつもりだった。

そこから少し街道をそれて、石神井川《しやくじいがわ》を越え上宿へ入った。宿場の誰かに、見られたくなかった。

左腕の傷が治ったら、さっさと江戸から離れよう。

「こんなところに、いられるものか。ふざけやがって」

毒づいた。そろそろ夕暮れどきになろうとしていた。宿を取る者が現われる頃だ。

旅人を呼ぶ声が、表通りから響いた。直次は、裏口から松丸屋へ入った。まだ入ってくる宿泊客はいない。台所ではお路が、竈《かまど》に火を入れて湯を沸かしていた。客を入れる準備だ。

「お帰り。無事に戻れて、よかった」

「……………」

ふん、という気持ちで聞いた。親切で言っているのだろうが、素直に受け取れない。おれみてえなやつに、何を言っても始まらねえさ。

「治りきらない腕で、何かあったらたいへんだからね」

「何も、たいへんじゃあねえさ」

つい言葉を返してしまった。

そのときだ。建物の入口あたりで怒声が響いた。

「無礼者」

と叫んでいる。どしんと何かが柱にぶつかった気配もあった。古い建物だからか、だいぶ揺れた。

「武士の魂を、何と心得る」

と続いた。どうやら侍の声らしかった。直次は上がって、廊下から旅籠の出入り口に目をやった。

そこでは荒んだ気配の中年の浪人者と三十歳前後の破落戸といった風体の二人が、喜兵衛に因縁をつけている様子だった。

「いえ、私は何も。客引きをしていただけでして」

夕方になれば、どこの旅籠でもやる。飯盛り女がいるところならば、そうとうにしつこくやる。

「ふざけるな。通りがかった折に、わしの刀の鞘《さや》に、その方触れたであろうが。汚い手でな」

「いえいえ、そんなに近くには寄っていません」

喜兵衛は、哀願するような声で訴えている。浪人でも、侍は町人よりも厄介だ。

「その方、わしが言いがかりをつけているとでも申すのか」

浪人者は、喜兵衛の胸ぐらを摑むと、強く押して柱に背中をぶつけた。また建物が揺れた。

「そ、そのようなことは」

何を言っても、聞く耳を持たない。金品を出させるつもりで絡んできていると、直次は踏んだ。鞘に手が触れたかどうかは、向こうにしたらどうでもいいのだ。

何を話しても無駄だろう。

「旦那を怒らせちゃあいけねえぜ。武士の魂は、尊いものなんだからよ」

破落戸ふうが言った。どちらも卑し気な顔だ。

「ど、どうすればよろしいので」

「これを収めるには、それなりのことをしなくちゃならねえ」

破落戸ふうが続けた。これが向こうの狙いだ。

「で、ですが、私は、何もしちゃあ」

「何だ、この野郎」

怒鳴りつけると、拳で喜兵衛を殴りつけた。口が切れて血が飛んだ。直後には、喜兵衛の体が、地べたに転がっていた。

「ただで済むと思うなよ」

転んだ体に、破落戸ふうは蹴りを入れた。

「やめてください」

止めに入ったお久を、浪人者が突き飛ばした。周りには野次馬がいるが、誰も手出しができない。ここでお路が飛び出した。

「何をするんだい」

憤怒《ふんぬ》の顔だ。

「うるせえ」

浪人者は、お路も張り倒した。絡めば、おとなしく銭を出すと思ったらしいが、そうはなっていないことに苛立《いらだ》ちがあるようだ。

さらにお路を、蹴飛ばそうとしていた。

ついに直次の怒りが弾《はじ》けた。胸に溜《た》まっていた、昼間からの憤りが溢れ出て押さえがきかない。

「ただじゃおかねえ」

台所に擂粉木《すりこぎ》があって、それを摑んで、旅籠の前の道に飛び出した。もう周りの目など気にならない。凶暴な気持ちが、全身を覆っていた。

まず破落戸ふうに躍《おど》りかかった。

「な、何だ」

いきなりで仰天したらしい。直次はかまわず擂粉木を振り下ろして、肩の骨を砕いた。

「わあっ」

破落戸ふうは、地べたに倒れ込んだ。

さらに浪人者と向かい合った。思いがけない展開になったと思っているのかもしれない。相手はわずかに躊躇《ためら》いを見せてから、刀を抜いた。町人相手でも傷つければ、それなりの理由が必要になる。

ここまできたら、引けないということか。身構えて、じりじりと足を踏み出してきた。

直次は擂粉木を構えた。怖いとは思わなかった。

浪人者が、刀身を振り下ろしてきた。刀身の動きにわずかな迷いがあって、殺すつもりはないらしかった。狙いも肩先だった。

しかし直次の方は、相手を殺してもいいという気持ちだった。

「喧嘩は気迫だ」

と分かっている。死に物狂いにやった。短い擂粉木でも怯《ひる》まない。

浪人者も、ただ受けているだけではなかった。反撃してきた。切っ先が、直次の治りきらない左腕の傷を掠った。

激しい痛みに襲われたが、同時に体が熱くなった。がむしゃらに擂粉木を振った。ついに浪人者の肘を打った。

浪人者は刀を落とした。直次はかまわず、二の腕も打った。相手は避けることができなかった。骨が折れたのが分かった。

破落戸ふうはもちろん浪人者も怪我をして、松丸屋の前から逃げ出した。追ってさらなる一撃を加えることもできたが、そこまではしなかった。

「よくやった」

野次馬の旅人から声がかかったが、左腕に激痛が走って、直次は呻き声を上げた。立っていられず、体が地べたに崩れ落ちた。

五

「しっかりして」

お路が声をかけてきた。野次馬たちが、喜兵衛と直次を松丸屋の同じ部屋へ運んだ。馬医者の午拾が姿を見せて、手当てをしてくれた。

二人とも全身に打ち身があったが、直次は左腕の傷にも影響があった。治まりかけていた痛みがぶり返した。

「無茶をするから、治りが遅くなるのだぞ」

午拾に言われた。それは仕方がない。消毒用の焼酎を吹きかけられたときには、痛みに堪えられず呻き声を出してしまった。

荒れ狂う気持ちに、収まりがつかなかった。喜兵衛やお路のためというよりも、昼間の出来事で自分の気持ちが乱れていたからだと直次は振り返る。他人がどう見るかは分からないが、善意や正義感ではなかった。

怪我をした浪人者と破落戸ふうは、あのまま宿場から姿を消したらしい。

「出かけていたそうだが、出先で何かあったのだな」

と問われた。午拾は、お路から聞いたらしい。こちらの気持ちを読まれたような気がして、面白くなかった。

「何にもありゃあしませんぜ」

不貞腐《ふてくさ》れたように返した。

「そうかい」

それ以上は、問いかけてこなかった。関心はないといった様子で、それも面白くなかった。持って行き場のない不満があった。自分も勝手だと思った。

「直次さんのお陰で、うちの人はこの程度で済んだ」

お久は直次に礼を言った。喜兵衛と直次の介抱については、二人を同じように扱った。お路にしてもそうだった。

近所から、様子を見に来た者がいた。浪人者と破落戸の件で、喜兵衛と直次がどうなったか気になったのだ。

「人を集めて、助けに入るつもりだったんだ」

言い訳がましく口にする者もいた。

「まあ、大事にならないで済んだので」

お久が返した。

「大した用心棒がいたんじゃないか」

そんな言葉も告げられた。直次がいたことに、これまで気づかなかった者だ。旅籠は見知らぬ者が寝泊まりする。宿場は、見知らぬ者が通り過ぎる。

「何者かい」

「泊まっているお客ですよ」

「いつからいるんだい」

あれこれ問われたが、お路が誤魔化した。

少しして、問屋場に詰める宿役人が事情を聞きに来た。

宿場の中心となる問屋場は、板橋宿では三宿の中心となる仲宿にあった。参勤交代の大名のために、人馬の継立《つぎたて》を主な業務としたがそれだけではない。次宿までの荷運びに当たって人足や荷馬を手配したり、旅人に旅籠や駅馬を割り当てたりした。悶着《もんちゃく》が起これば、仲裁の任にも当たる。

宿内で行倒れが出れば、その始末もおこなった。宿役人は、宿場内の業務の全般を差配した。

その宿役人を束ねるのが『問屋役』で、板橋宿では本陣と三つの脇本陣の当主が兼任で務めた。その下に数名の『年寄役』がいて、これが実務に当たった。

やって来たのは藤右衛門《とうえもん》という五十二歳の年寄役だ。宿内では老舗《しにせ》の太物屋児《こ》玉屋《だまや》の隠居である。

藤右衛門は、まず喜兵衛に声をかけた。

「酷い目に遭ったな」

松丸屋へ入る前に、見ていた者から大まかの事情は聞いている模様だった。

「まあ」

喜兵衛も、痛みに顔を歪《ゆが》めていた。

「狼藉《ろうぜき》を働いたのは、近頃宿場周辺で追剝を働く者かね」

「それとは違うような気がいたしました」

因縁を吹っかけて銭を巻き上げようとする者は、どこの宿場にも現われる。

「顔に見覚えは」

「ありませんね」

「手助けをしたのが、あんただね」

藤右衛門は、直次に顔を向けた。

「へえ」

「旅の者かね」

「怪我をして、世話になっていやした」

細かなことを訊かれたら、どう誤魔化そうかと考えていた。いざとなればここから逃げ出すばかりだが、もうしばらくはここにいるのが得策だと思っていた。

「相手が二人でも、怖れはなかったのか」

「言い掛かりでしたからね。見ていられなかったんで」

自分の胸の内のことには触れない。

「そうか。なかなか気合いが入っていたようだが」

咎《とが》めているのではなさそうだった。しょせんは不逞《ふてい》浪人と破落戸が相手だった。

とはいえ藤右衛門は、来たときからにこりともしない仏頂面だった。

「治療の費《つい》えの、足しにしてもらおう」

藤右衛門は、お捻《ひね》りをお久に渡した。大雑把な話を聞いただけで、引き揚げて行った。

こういう騒動は、宿場では珍しいことではないらしい。宿役人として、とりあえず事情を聞きに来たのだと直次は受け取った。

悪さをするのは余所者《よそもの》で、逃げられたらそれまでだ。宿場で店を守るのは、突き詰めれば一軒一軒の才覚ということになる。

直次にしてみれば、細かく詮索されなかったのが幸いだった。いずれ宿から出て行く者に、関心はないのだろう。

この日喜兵衛は起き上がれなかったが、お久とお路で旅籠は開けた。呼び込みをしなかったので、泊り客は四人だけだった。

翌朝になると、喜兵衛はいつものように起きて、客を送り出した。直次も、腕に痛みはあったが起きられた。とはいえ仕事はできない。

「昨日は、たいへんでしたねえ」

定之助がやって来て、お路にご機嫌取りのようなことを口にした。

「昨日は宿場の外に出ていて、こちらへ来られませんでした。残念でした」

と続けた。自分がいれば、すぐに手助けをしたと言いたいのだろう。

「泊まっていたお客さんがいて、収めていただきました」

喜兵衛が応えている。

「その人は、もともと怪我をしていたようだが」

直次がここにいることは、知っていたらしい。

「ええ。それで、数日お泊まりいただいているんですよ」

「その人、大丈夫なんですかね」

と声を落とした。昨夜も、宿場近くの街道で追剝があった。不穏な空気は、消えないままだった。

何であれ昨日の騒ぎで、直次の存在が公《おおやけ》になった。


さらに四日が過ぎた。直次の傷も、だいぶ良くなった。両手を使わない仕事なら、たいていのことができる。

薪を立て、鉈《なた》を揮《ふる》う。心地よい音を立てて、薪は二つに割れた。

「いつまでもいてもらってかまいませんよ」

先日、喜兵衛が言った。己の腕の傷を顧みず、二人の狼藉者から自分を守った。

恩義に感じているらしかった。

以前には血まみれになりながら錫杖を振り回し、賊を追い払った。そういう激しさを内に秘めながら、乱暴なことはせず、おとなしく暮らしている。神妙だと思っているのか。

直次にしてみれば、浪人者と破落戸を相手に暴れたことで、気持ちはいく分楽になった。治りかけた怪我が酷くなったのは、仕方がないと思った。体の痛みよりも、心の痛みの方が辛《つら》い。

家族三人は、好感を持ってくれていた。それでも過去については、一切問いかけてこない。これはありがたかった。

「どうせおれなんて」

と拗《す》ねてみたところで、行くところはない。治るまではここにいようという腹だった。

裏手で薪を割っていると、誰かに見られているような気がすることがある。熊切屋の者かと思ってどきりとするが、それならばすぐに襲ってくるだろうと思い直した。

その翌日の昼下がり、直次はお路がする障子紙の張り替えを手伝った。天気も良くて、もってこいの日和だった。

この程度の仕事ならば、両手を使えた。

古い紙は黄ばんで、穴が空いたところは一部紙を張って誤魔化していた。お久が、客が使う部屋の分だけの紙を手に入れてきた。紙は安くないので、松丸屋にとっては負担だったのである。

濡らした紙を剝がし、煮て拵えた糊《のり》を刷毛《はけ》で桟につけてゆく。

「直次さん、器用じゃないか」

「そうでもないですよ」

どうにか新しい紙を貼った。紙面は微妙に波を打っているが、霧を吹いて乾かすと真《ま》っ直《す》ぐになった。

新しい白い紙を張ると、それだけで廊下の雰囲気が変わった。気持ちがいい。

「障子紙一つで、古い旅籠も少しは見栄《みば》えが良くなるでしょう」

「そうですね」

「手伝ってもらって、助かった」

虚心な笑顔が、眩しかった。

その様子を見ている者がいると感じて目を向けると、そこにいたのは定之助だった。向けてくる目に、憎しみと嫉妬があった。

六

翌々日になると、傷口が痒《かゆ》くなった。

「完治はもう少し先だが、だいぶ良くなったな」

傷を見に来た午拾が言った。人や荷を載せるために問屋場から引き立てられる馬だけでなく、近隣の農耕馬の手当てもする。出産にも立ち会う。馬だけではなく牛も扱うので、多忙な様子だ。それでも直次のところへ寄ってくれた。

「へい。当たり前に、動かせそうです」

「ならば何よりだ」

「じきに、腕の布も外せます」

直次はそう返してから、はっと気がついた。傷が治ったら、松丸屋を出ていかなくてはならない。

口にしてから、まだここにいたい気持ちが芽生えているのに気がついた。それは驚きだった。居心地がいいからか。

　喜兵衛やお久は、いつまでもいていいと言ってくれる。その言葉は、耳の奥に残っていた。治った後どうするか、という話は松丸屋の者は誰もしない。

「しかし、いるとなったら」

　直次は考える。これまでのことは、すべて話さなくてはならないだろう。賭場検めに現われた捕り方の一人を刺した。死なせてはいないらしいが、重傷は負わせた。

　それらを話せば、いられなくなる。

「おまえ、ここを出たらどこへ行く」

　午拾も治った後のことを考えたらしかった。

「へえ」

「行くところがあるのか」

　返事をごまかすと、そう問いかけてきた。

「ありまさあ」

　嘘《うそ》を言った。

「ない」

と告げるのが、何故《なぜ》かみじめな気がした。

「そうかい。ならばそれでいい」

信じたかどうかは分からないが、それで引き揚げていった。治った後のことなど、どうでもいいのだろう。その場凌ぎを口にしないだけ、ましだと思った。

午拾は軟膏を置いていった。後は自分でやれ、ということらしかった。

その後直次は屋根に上って、雨漏りの直しをした。数日前に雨が降って、客に苦情を告げられた。

「気を付けてね」

梯子《はしご》を使うとき、お路に言われた。左手がまだ不便なことを踏まえての言葉だ。

「これくらい、何でもねえさ」

体を動かすのは、辛いことではなかった。屋根の上から、街道を行き過ぎる旅人の姿が見えた。

「おれもあと数日で、この道を歩いて行くわけか」

直次は呟いた。

松丸屋を出ても、生きていけないことはない。追剝でもかっぱらいでも何でもするし、城下町や大きな宿場町へ行けば、地回りなどもいて食う道はあると思った。

　そうやって生きてきた。

　ただ松丸屋で、障子紙を張り替えたり、雨漏りの修繕をしたりする暮らしも悪くはないと感じた。そういう暮らしは、一度もしたことがなかった。

「おれには向いていない」

　自分に言い聞かせた。そして今日も、自分を見ている人の目を感じた。旅人ではなく、宿場の者の目だった。

　喜兵衛を不逞浪人や破落戸から救ったが、好意的な目とは限らなかった。

「頼もしいねえ」

　と言う者もいるが、それだけではない。

「どこの馬の骨か分からない人だからねえ。気味が悪いよ」

　と口にする者もいる。

「そうさ。おれは得体の知れない一匹の無宿者さ」

　と直次は居直った。

　その日の昼下がり、宿役人の年寄役藤右衛門が、旅籠など宿場の商家の主人三人、それに定之助を伴って、松丸屋へ喜兵衛を訪ねてきた。

宿内では力のある者たちだ。

「お揃いで何事でしょう」

怪訝《けげん》な顔をした喜兵衛だったが、ともあれ奥の部屋へ通した。

奥の部屋とはいっても、襖は開けたままになっていた。直次は聞き耳を立てた。

「こちらには、直次という者が逗留《とうりゅう》しているそうですな」

「はい。怪我をしておいでしたので」

「しかし不逞浪人や破落戸のような者を追い払ったとか」

これは旅籠の主人の言葉だ。藤右衛門は、すでに事情を聞きに来ていた。

「ええ。お陰で助かりました。ただそれで、かえってお怪我を悪くしてしまいました」

「なるほど。捨て置けないわけですな」

「はい」

「いかにも喜兵衛さんらしいが」

旅籠の主人が、ため息を吐いた。

ここで藤右衛門が、やや躊躇う口調で言った。

「素性の知れない者を、長く置かない方がよいのでは」

「はい。どのような企《たくら》みがある者か知れたものではありません」

定之助が続けた。

「いや、そのような人には見えませんが」

喜兵衛は庇《かば》ったが、訪ねてきた五人は納得しなかった。

「本性を隠しているだけですよ」

「絡んできたのは不逞の浪人者と破落戸だったそうですが、それにしてもずいぶんと手荒なことをしたようです。堅気の者にはできない痛めつけようだったとか」

蠟燭屋の主人は、顔を顰《しか》めて言っていた。

「旅人が泊まるのは、商いですからよろしい」

「しかし得体の知れない者を、長く宿場に置かれるのは物騒ですな」

定之助と三人の商家の主人は、商いが今以上に陰ることを案じていた。

追剝による被害が頻発している。そのため板橋宿を素通りしてしまう旅人が多くなった。また近郷の者は、隣の蕨宿や江戸へ足を延ばして用を足してしまう。

各商家の日々の売り上げが、目に見えて減ってきた。

不安の種は、前もって取り除けという話だ。

「宿場で悶着を起こすのは、あらかたが余所者です」

「大きなことにならないうちに、追い出してしまうことが、松丸屋さんにとっても宿場にとってもよいことです」

藤右衛門は、よかれと信じて口にしていた。

七

板橋宿の大木戸を北へ出ると、旅人は荒川の戸田の渡に向かって人家の少ない街道を進む。街道の両側には、田植え前の田圃が広がる。ここで旅人の多くは、見上げるような榎の古木を目にした。

縁切り榎と、宿場の者たちは呼んでいた。

この榎の下を婚礼の行列が通ると、必ず不縁になるという言い伝えがあったからだ。嫁入りの際は、ここを避けて通った。

松丸屋へ藤右衛門ら商家の主人たちがやって来た次の日の暮れ六つ過ぎ、その縁切り榎の近くで、また追剝の被害があった。

繰綿《くりわた》問屋の主従が襲われ、二十一両あまりが奪われたのである。金を奪われた主人は胸を刺され、医者へ運ばれたが死亡した。供の小僧も軽傷を負った。

知らせを受けた宿場の若い衆が、突棒や刺股を手に襲撃の場へ駆け付けた。けれどもそのときには、賊の姿はなかった。

血にまみれた旅人が、道端に倒れているだけだった。

倒れていても意識のあった小僧から、襲われた状況を聞いた。賊は十人ほどいて、長脇差や匕首などを手にしていたとか。

「このままにはできない。何とか手を打たないと」

「そうだ。旅人は、宿場へ寄り付かなくなるぞ」

死人は、二人になった。ここまで続くと、宿場としても何もしないわけにはいかなくなった。

宿場の主だった者が、翌日の昼間に、宿場一番の旅籠枡満屋《ますみつや》に集まった。喜兵衛も顔を出した。

一同、穏やかではない面持ちだ。

「あんたのところの、余所者はずっと旅籠にいたのかね」

部屋に入った喜兵衛は、まず同業者から問われた。直次が追剝の仲間ではないかと疑われたのだ。他の者も、そういう目を向けた。

「いましたよ。ずっと」

喜兵衛は答えた。周囲にいた者たちは、不満気な顔で黙った。

「追剝による被害は、減る気配がありません。このままでは板橋宿は寂れてしまいます」

年寄役の藤右衛門が言った。すべての者が頷《うなず》いた。

「では、実際にどうするかだが」

これを話し合うのが目的である。

「浪人者の用心棒を雇いましょう」

飯盛り女を置いている旅籠の主人が言った。ここでは、不逞な客を追い払うために浪人者の用心棒を雇っていた。とはいえそれは、宿場全体を守る者ではない。用心棒が直次のように怪しまれないのは、追剝がすべて無宿者といった者たちで侍ではないからだった。

「その費えは、どうしますか」

「宿場の、すべての家から集めるしかないでしょう」

少なくない者が頷いた。

「いや。銭を出すのではなく、我々住民が出て、夕刻と早朝の見廻《みまわ》りをしてはどうか」

異なる意見が出た。

「なるほど。その方が、宿場全体で旅の衆を守っている形になるな」

銭と刀の力で解決を図るのではないという考え方だ。

「それならば、追剝から旅人を守るだけでなく、宿場の者が力を合わせていることを見せられるわけですね」

「こちらも、命懸けだということですよ」

「それはいい」

宿場に暮らす者たちは、力を合わせることで稼業が成り立っていると分かっている。だからこそ、余所者には警戒をした。

「しかし人数を、出せますかね」

若くて屈強な者がいない店もある。賊も五、六人からそれ以上でもあるので、こちらもそれなりの人数を揃えなくてはならない。

出せないところからは、銭を出してもらうことで話がついた。蕨宿側と江戸側に、それぞれ二十人ずつ置いたとしても、表通りの全戸が人を出すならば、負担は毎日ではなくなる。

「いつからやるんだ」

「もちろん今日からだ」

出せるところは順番に割り当てていく。具体的に、それぞれの店がいつあたるか、紙に書いて確認した。

集まる折には、全員が得物《えもの》を持つ。松明や梯子の用意は、宿役人がおこなう。

「私の方で、江戸の道中奉行《どうちゅうぶぎょう》様のところにも、お願いをしました」

年寄役の藤右衛門が言った。

「何と」

「こちらの事情をお伝えして、腕利きの取締りの方に来ていただきたいとお願いしたのです」

「それができるならば、ありがたいぞ」

「しかし来てくれるのか」

「頼むしかないだろう」

無宿者の追剝は、壊滅させなくてはならない。宿場の者たちだけでできなければ、公儀の力も借りる決意だ。

直次は、寄り合いから戻った喜兵衛から話の内容を聞いた。

「他に手はありませんね」

とお路が言い、お久が頷いた。

「じゃあ松丸屋からは、あっしが出ましょう」

直次は言った。迷いはなかった。そろそろ腕も、完治に近い状態になっていた。お人好しの喜兵衛は、利用すればいいと考えたこともあるが、松丸屋を出る前にその程度のことはしてもいいと考えた。

「いや、それは私が」

喜兵衛は言ったが、直次はやらせてくれと頼んだ。喧嘩には自信があった。修羅場も掻《か》い潜《くぐ》ってきた。町奉行所の捕り方でも、怖いとは思わなかった。

そして夕刻になった。

石神井川に架かる板橋の袂《たもと》に、二十人が集まった。

直次は蕨宿側の警固につく。喜兵衛の古い長脇差を腰にしていた。だいぶ錆《さび》が浮いていたので、慌てて研いだ。

どうにか使えそうになった。

そこへは、鉢巻襷《たすき》がけをした定之助の姿もあった。定之助は直次に気がついて寄って来た。怒りのこもった眼差しだった。

「なぜおまえが、ここへ来たんだ」

初めから、突っかかる言い方だ。

「松丸屋からということです」

役目を果たさなくてはとの気持ちがあるから、下手に出た。

「ふん。余所者では、いざというときに何をしでかすか分からない。引っ込んでいてもらおうじゃないか」

「いや、そうはいきませんよ。松丸屋の者として、来ていますんでね」

直次は返した。引くわけにはいかない。

「追剝の仲間と一緒かもしれないと思うと、嫌な気分だ」

この言葉に腹が立った。

とはいえ、定之助と喧嘩をするためにここへ来たわけではなかった。松丸屋の面目を潰すわけにもいかない。

「そうだ。旅籠へ帰れ」

定之助の仲間らしい者が同調した。しかし聞いていた中年の炭屋の主人が言った。

「喜兵衛さんの代わりに来た人を、追い返すわけにはいくまい」

「しかし」

定之助はむきになっていた。しかし炭屋の主人は冷静だった。

「おまえたちは、松丸屋さんが宿場の住人ではないというのか」

定之助らは言い返せない。これで直次が、見廻りに加わることになった。

松明をかざし、二十人は薄闇の這い始めた街道を歩き出した。

その日は何事もなかった。けれども、一日で終わることではない。追剝たちとの戦いは、始まったばかりだった。

第二章　四宿見廻り

一

恩間満之助《おんまみつのすけ》は、初夏の日差しのもと板橋宿に向かう中仙道の田圃に囲まれた道を歩いていた。空にはわた雲が浮いて、群れた雀《すずめ》が鳴き声を上げている。

百姓は代掻《しろか》きに精を出していた。田圃の土を細かくくだいてなめらかにし、土の性質をよくする。田植えの前には欠かせない仕事だ。

街道は、老若の旅人が行き過ぎる。町人だけでなく、侍もだ。陽《ひ》だまりを歩いていると、初夏の日差しは暑く感じた。

「おお、あれだな」

彼方《かなた》に宿場の建物が見えてきた。長閑《のどか》な昼前だ。

「これが、日が落ちると危険な闇になるわけか」

恩間は呟いた。

「板橋宿を探り、無宿者たちの横暴を押さえよ」

道中奉行に命じられてやって来た。

恩間は、江戸四宿見廻り役を務めていた。

五百石の旗本恩間監物《けんもつ》の次男として生まれた。二十三歳になっても、無外流《むがいりゅう》の剣を学ぶだけでぶらぶらしていたところを、母方の伯父で大目付兼帯の道中奉行跡部忠行《あとべただゆき》から、その役を命じられた。

公儀の正式な役職ではないが、跡部が命じた役目だから、道中方《どうちゅうかた》は正式な職として対応をおこなった。役務のための費えも出た。

江戸から四方に広がる街道の、最初の宿場が千住《せんじゅ》と板橋、新宿と品川の四つだった。旅人が行き来するだけではない。地方から集まってきた無宿者がたむろし、江戸で悪事をなした者が、逃れて身を潜める。

追いつめられた者たちは、様々な悶着を起こす。

「それに対処せよ」

というのが伯父である跡部の命だった。旗本の次男坊暮らしは、先のことさえ考えなければ気楽だった。

「見聞を広めるがよい」

「そうですねえ」

聞いて嫌な仕事ではなかったので、やってみるかという気になった。剣術の稽古以外、何もすることがなかった。跡部は幼い頃から可愛がってくれた。引き受けた理由は、それだけだった。

これまでの板橋宿周辺で起こった追剝事件について、宿場の年寄役藤右衛門からの報告には、すべて目を通していた。天保の飢饉は、関八州《かんはっしゅう》や東北の村々に貧苦と困窮をもたらした。以来食い詰めた者が、無宿者となって江戸へ流れてきている。

江戸周辺の四宿にも無宿者が姿を見せていたが、板橋宿ではそれが徒党を組む形になっていた。

追剝による被害が続発して、訴えがあった。

宿場の年寄役からの要請もあったが、二人目の死人が出たとなると、道中奉行としても捨ててはおけない案件となった。命じられた恩間は、その日のうちに江戸を出た。

宿場の家並みが見えてきたところで、田圃にいた百姓に問いかけた。

「おれらには何もないと分かっているから、やつらは手を出してこねえ。でも旅のやつらは違う」

作業の手を止めた百姓は返した。

「金子を持っていると踏んでいるわけだな」

「そりゃあそうでしょう。外れはないんじゃないですかね」

いろいろなところから金子を集めてきたかもしれないし、これから江戸を離れる旅人は、それなりの路銀を懐にしている。襲うには都合がいいだろう。

宿場では、一昨日の晩から人を出して街道の警固に当たっているとか。まだ始めて間もないからでもあるが、その後の被害はまだ出ていなかった。

「賊たちは、様子を見ているんじゃないですかね」

百姓の予想通りだろう。

「そやつらの隠れ家は、どのあたりなのだろうか」

「さあ。分かっていたら、宿場の若い衆らが集まって、こっちから襲っているのでは」

宿場に入って、草鞋や旅の道具を売る店へ入った。問いかけるも、ほぼ同じ返答だった。

「無宿者で怪し気な者は、通るであろう」

「そりゃあ怪し気なのは、毎日たくさん通りますけどねえ」

「それはそうだ」

板橋宿に限ったことではない。

仲宿の問屋場へ行って、藤右衛門と話をした。

「隠れ家になりそうな場所は、宿場の若い者に当たらせました」

「なかったのか」

「いいえ。それらしい形跡のある空家や倉庫などはありましたが、もぬけの殻でした」

「転々としているわけだな」

向こうも警戒しているのか。

「賊の主だった者に、思い当たる者はいるか」

「さあ。いろいろなやつが、やって来ますからね。宿場や住人の誰かに恨みを持つ者はいるでしょう」
四、五人で組んで、嫌がらせやたかりをする者はこれまでもあった。数限りないほどだ。

「ですがそういう輩《やから》は、二、三度悪事を働くと、いつの間にか姿を消していました」

「烏合《うごう》の衆というわけだな」

「そうです。ですが此度《こたび》は違います。人数も多く、幾度となく続いています」

これからも続くのだろうと言い足した。だからこそ、道中奉行に助けを求めてきたのだ。

「うむ。無宿者たちが、まとまりとなって動いていると考えるわけだな」

「さようです」

数人が勝手にやるのではなく、役割を決めて動いている。

「ならば頭《かしら》がいて、指図をしているわけか」

「そう見ています」

統率の取れた集団ということだ。これは厄介だ。

「頭らしい者の見当はつくか」

「いえ。つきません」

そもそも宿場の者は、追剝の姿を見ない。襲われた者から話を聞くだけだ。旅人で、板橋宿に縁者がいる者など、数えるほどしかいないだろう。

「他に分かっていることは」

「追剝が出るのは、板橋宿周辺だけです」

巣鴨《すがも》や庚申塚《こうしんづか》あたりには出ない。また反対側は志村《しむら》あたりまでで、その先には荒川があって、戸田の渡となる。

「次の蕨宿周辺に追剝が出たという話は聞きません」

藤右衛門は言った。

「それは確かに妙だな」

恩間は呟いた。

「頭か主だった者に、このあたりの土地勘があるのかもしれません」

「確かに、早い動きができるのは、それがあるからであろうな」

神出鬼没といってよかった。

「宿場の中に、事情を伝える者が潜んでいると話す者もいます」

これも考えられないことではなかった。

年寄役からの聞き取りを済ませた恩間は、宿場の住人達にも問いかけをすることにした。まずは目についた旅籠の番頭だ。

「追剝騒ぎが始まってから、宿場を素通りする人が多くなりました」

声をかけても、旅人は立ち止まらない。そそくさと次の宿へ向かう。

宿場にとっては、泊まる旅人の多い少ないが、暮らしを左右する肝心なことだった。夕方になると、本来なら板橋宿で泊まるところを、蕨宿や江戸まで行ってしまう。

飯盛り女と遊ぼうと、わざわざ出てくる者も減った。夕方近くになると、休憩をすることもなく足早に宿場を通り過ぎてしまう。

「それだけ実入りが減ります」

馬鹿にならない額だと、商人は肩を落とした。

「宿場に、長逗留をしている者はいるか」

「商いのために留《とど》まっている方はいます」

旅籠の主人の答えだ。ただその客は、昼間には出ているが、夕方には戻って来るそうな。追剝などはできない。

提灯屋の若旦那定之助という者にも問いかけをした。定之助は、丁寧に応じた。同じようなことを訊いた後で、不審人物についても尋ねた。

「それなら、松丸屋さんに直次というやつがいます。これがどうも気になります」

今月二日の朝、怪我をして現われた。

「どこかで喧嘩でもした破落戸か」

「そんなところだとは思いますが」

その日の早朝に追剝があったが、それを追い払ったのが直次だったとか。

「ではその者は、仲間ではなかろう」

「いや、それは宿場内に仲間を住まわせるための、賊たちの方便かもしれないという話もあります」

「なるほど」

考えられないわけではない。もう少し探ってみる必要がありそうだった。

二

その日の夜も、直次は松丸屋の者として、見廻りの一団に加わった。左の二の腕は、完治に近い状態になっていた。傷を負っていたことを忘れるほどだ。午拾もすでに通ってこなくなっている。

宿場の馬医者として忙しいらしい。顔を見ることもなくなった。

傷が治った以上、松丸屋に置いてもらう理由はなくなった。出て行くつもりだったが、喜兵衛に引き止められた。

「急ぎの用がないならば、追剝の一件が収まるまで居てくれたら助かるねえ」

「うん。そうしてくれたら、心強いよ」

お路も言った。

居てくれと告げられるのは嬉しかった。行く当てがあるわけではない。

「じゃあ、そうさせていただきやす」

怪我の手当てをしてもらった。一宿一飯以上の恩義はある。

昼間は、建物の修理や他の手伝いをした。下男といった役割だ。

直次は追い払われることはないが、声をかけてくる者もいなかった。唯一声をかけてきたのは定之助だった。

「いつまで居座る気だ」

向けてくる目には、不審と憎しみがあった。

「追剝がいなくなるまで。お世話になった松丸屋さんへの、恩返しです」

「ふん。都合のいいことを」

定之助は嘲笑った。

「いつかは、おまえの化けの皮を剝がしてやるさ」

そう言って離れて行った。


夕暮れ間際、見廻りの者たちが、板橋の袂に集まる。これまでは手に手に松明《たいまつ》を持っていたが、今夜からそれは止《や》めることにした。

「それでは追い払うことはできても、捕らえられない」

という考えからだった。集まって歩くこともしない。

縁切り榎近くに潜んで、何人かが周辺を見廻る。賊が現われたら、龕灯《がんどう》と松明で照らす。

「まずは、笛を吹いて知らせよう」

見廻りを始めてから昨夜まで、追剝は現われなかった。

「それで姿を消すわけがない」

油断はしていなかった。

「そろそろ、姿を現わすぞ」

暮れ六つの鐘が鳴った。遅れた旅人が現われれば危ない。しかし半刻しても、異変はなかった。

直次は見廻りの一員となってはいるが、声をかけてくる者はいない。誰かと話をするために出て来ているわけではないので、気にはしなかった。

「今日は来ないな」

誰かが言った。

六つ半を過ぎたならば、もう旅人はやってこない。人が来るとしても、飯盛り女を買おうとする近郷の者だけだ。

引き揚げようとしたところで、提灯を持たない侍が姿を見せた。

「何者だ」

と緊張したが、月明かりで人の顔が見えた。

定之助が、提灯で照らした。

「恩間様」

と声をかけた。直次は初めて目にする顔だったが、知っている者は他にもいた。

「現われなかったようだな」

探っているのに、気づいているのであろうと続けた。そしてこの場にいる者たちに目を向けた。

定之助は、一同に恩間が道中方の四宿見廻り役だと話した。そして恩間には、ここにいる者たちを紹介した。

直次のことも無視はしなかった。ただ意味ありげな紹介の仕方だと感じた。恩間は頷いたが、関心は示さなかった。

松明に火をつけ、引き揚げかけたところで、闇の向こうから悲鳴が聞こえた。

「出たぞ」

慌てふためく声だ。

「おおっ」

一同は駆け出した。

先頭を切ったのは定之助だった。張り切っている。しんがりになった直次は、田圃の畦道《あぜみち》に出た。街道には二十人の見廻りの者が駆けてゆく。

畦道を走った。直次は夜目が利く。

「わあっ」

闇の向こうから、争う声が聞こえてきた。得物がぶつかり合う響きもあった。

しかし賊たちはすぐに逃げ出した模様だった。

離れた場所にいる直次には、被害の内容は分からない。

「逃がすな」

という声が、闇の中に響いた。

直次はこうなる展開を見通していた。

逃げるときはばらばらになる。賭場検めのときには、そうすると打ち合わせていた。

一緒では、必ず誰かが捕らえられる。

闇に耳を澄ませると、逃げてくる賊の足音が響いた。それで向かって行く方向の見当がついた。

そこへ駆け寄った。待ち伏せる腹だ。

走り寄って来る、黒い影が見えた。追ってくる者はいない。

直次は、黒い影が一間ほどの距離になったところで躍りかかった。

「な、何をしやがる」

賊はいきなりの襲撃に仰天したらしかった。直次は、その右手首を摑んで引いた。腰を入れて投げ飛ばした。

「わあっ」

相手は田圃に転がった。のしかかった直次は、拳で顔を数発殴りつけた。それから腕を捩《ね》じり上げて立たせた。街道へ連れ出した。

松明を掲げた者の横に、恩間がいた。直次は捕らえた者を、そこへ連れて行った。

他の者たちも逃げた賊を追ったが、戻って来た。すべて逃げられていた。

捕らえることができたのは、直次だけだった。

「気の利いた動きであった」

恩間はにこりともしないが、働きは認めてくれたようだ。手ぶらで戻ってきた定之助は、悔しそうだ。

「すっかり遅くなっちまって」

旅人は、急ぎ旅だった。懐には、旅先で回収した金子があった。額は口にしなかったが、大金だったらしい。

「お陰で助かりました」

と頭を下げた。追剝の人数ははっきりしないが、十人ほどはいたと告げた。

三

捕らえた追剝の一人を、問屋場の空き倉庫へ連れて行った。蠟燭を灯《とも》した燭台《しょくだい》が数本立てられて、恩間が問い質しをおこなう。

捕らえた功績もあったので、直次は壁際の隅に身を置くことができた。

問屋場の若い衆が、燭台の明かりで男を照らした。二十代半ばくらいの歳で、痩せて浅黒い顔をしていた。月代と口髭《くちひげ》は伸び放題だった。

「板橋宿周辺の追剝では、金子を奪われるだけでなく死人まで出ているぞ。知らぬとは言わせぬ」

「…………」

男は不貞腐れた様子で、天井に目をやった。

「その方は、人殺しと盗みの仲間だ。黙っていれば、それで話を進めるぞ」

それでも、男は何も言わない。

「分かることをすべて話せば、公儀も鬼や蛇ではない。しかし手子摺《てこず》らせれば、よくて八丈島《はちじょうじま》か佐渡島《さどがしま》、下手をすれば打ち首となる。それを踏まえて話すがよい」

恩間は脅した。奪われた額の総額は十両を軽く超えている。共犯ならば死罪となるのは必定《ひつじょう》だった。

「その方の名と生まれはどこか」

男は少しばかり間をおいて口を開いた。

「どこだったか、思い出そうとしたが思い出せねえ」

「名もか」

「そういうことで」

ここで恩間は、男を竹の棒で打ち据えた。容赦ない打ち方だった。着物が裂け、肉が裂けた。汗と血が散った。

呻き声を上げても、恩間は容赦しない。見ている者は息を呑んだ。直次は両の拳を握りしめて、その様子を見ていた。驚いたり、肝をつぶしたりはしていなかった。やくざも同じことをする。

「や、止めてくれ」

男は、掠れた声を上げた。

「話をする気になったかい」

手を止めると、恩間はにっこりと笑った。明るい虚心な笑顔で、それまでとは別人だった。気持ちが悪いくらいだった。

名は五助《ごすけ》で、野州《やしゅう》無宿だと告げた。

「頭の名は」

「それは」

戸惑う顔になった。すると容赦のない竹棒の打擲《ちょうちゃく》が再開した。ざっくりと裂けて、肉の筋が見えるところを狙って打った。

「わ、分かった」

息も絶え絶えだった。頭は次吉郎《じきちろう》という名で、三十歳前後だと分かった。

「無宿者か」

「いや、そうじゃあないらしい」

詳しいことは知らないという。自分は仲間に入って一月《ひとつき》ほどの下っ端だと告げた。

「では次吉郎というのは、何者だ。分かっていることを、すべて話せ」

恩間は再び竹の棒を握った。

本当を言っているか嘘を口にしているのか、竹の棒で問い質すつもりらしかった。

五助はそれだけで怯えた顔になった。

「し、芝あたりの、商家の次男坊だという話は聞いたが」

「何を商う店だ。屋号は」

「知らねえ。ほ、本当だ」

腫れた顔が、汗と涙と鼻水、それに血でぐしゃぐしゃになっていた。

それ以上は分からないらしいが、本当か嘘かも分からない。話を聞く限りでは、頭の次吉郎は無宿者ではなく、それなりの商家の出ということになる。

確認はできない。そう告げられて、信じているだけかもしれなかった。押込みの頭は、したたかな者だという印象が直次にはあった。

「主だった子分の名を挙げてみろ」

「それは、ええと」

上州《じょうしゅう》無宿留吉《とめきち》と房州《ぼうしゅう》無宿梅八《うめはち》の、二人の名を挙げた。三十半ばと二十をやや越えた歳の者だそうな。

他にも子分はいたが、その二人が指図をしてきたとか。

「では今夜は、誰がいた」

「留吉がいた。次吉郎と梅八は、どこかで見ていたかもしれねえが」

「そうか。捕らえられず、惜しいことをした」

恩間は悔し気な顔をした。

「奪った金子は、山わけか」

「そうじゃねえ。次吉郎が取り上げる。おれたち下っ端は、百文から二百文ほどを貰《もら》うだけだ」

もちろん、その日の実入りにもよるらしい。

「次吉郎と留吉、それに梅八は多いわけだな」

「たぶん」

「不満を口にする者はいないのか」

恩間は疑問に思ったらしい。

「三度の飯を、食わせてくれた。おまけにうまくいったときは、酒まで飲ませてくれたんだ」

「そんなことでいいのか」

嘲笑うような口ぶりだった。

「まあ。おれたちには、それでもありがたかったんだ」

直次には、無宿者たちの気持ちが分かった。生国《しょうごく》では、何年もの間ひもじい暮らしを続けてきた。村を捨て、江戸にさえ出れば食えると期待していたが、邪魔者扱いしかされない。

一人では野良犬のような暮らししかできなかった。三度の飯が食えるならば、無宿者にしてみれば、それだけでもありがたいことなのだった。

「旗本の家に生まれたお殿様にゃあ、分かりゃあしねえさ」

胸の内で呟いた。

次吉郎を頭とする追剝の一味は、酷いやつらだと思う。ただそうならざるを得なかった者がいるのは、理解できた。

「隠れ家はどこだ」

「詳しいことは分からねえが、十条村《じゅうじょう》というところだ」

板橋宿からは、そう遠い場所ではなかった。田圃を一つ越えたあたりだ。

「案内できるか」

夜がふけてはいたが、恩間はこれからでも行くつもりらしかった。

「おれらは、連れられて街道まで来た。暗いうちじゃあ、どこがどこだか分からねえ」

五助の言うことはもっともだと思われた。

直次は松丸屋へ戻った。追剝の一人を捕らえたことは、すでに伝えられていた。

「お手柄だったじゃないか」

お路はねぎらってくれた。

「まったくです。大したものだ」

喜兵衛の言葉に、お久が笑顔で頷いた。こそばゆい。

自分は、今は余計者ではない。ひねくれ者の直次だが、喜びが湧いた。

とはいえそれが顔に出ないように注意した。

簡単に心を許してはいけない。後になってがっかりすることは、餓鬼の頃から何度もあった。

捕らえたところから、恩間の問い質しの詳細を伝えた。

「さすがに四宿見廻り役だねえ」

喜兵衛が言った。年寄役の藤右衛門を始めとして、宿場の者たちが頼りにしているのは明らかだ。

「恩間様とは、どういうお方で」

直次は尋ねた。やり手なのは承知したが、江戸の役人である以上、油断はできない。敵になる虞《おそれ》があった。

「次はおれが、五助のように責められるかもしれない」

胸の内で呟いた。自分は捕り方の一人を刺して逃げた身の上だ。

恩間が五百石の旗本家の次男に生まれたこと、道中奉行から直々《じきじき》に江戸四宿見廻り役に命じられたということを知らされた。剣の達人だとも聞いた。

三月《みつき》前に、恩間は宿場に現われて乱暴な真似《まね》をした不逞浪人の二人組を、一人で取り押さえてしまったとか。

「刀を抜いたと思ったら、あっという間でしたね」

二人を刀の峰で打ち据えたのである。お久が、たまたま見ていたのだそうな。

喜兵衛とお路も、恩間を信頼しているらしかった。

四

翌日恩間は、捕らえた五助に案内をさせて、十条村へ向かった。藤右衛門がつけてよこした若い衆を、二人連れていた。

次吉郎らの隠れ家を、当たることにしたのである。もう姿を消しているだろうとは、見当がついていた。

「あの家です」

住む者がいなくなって久しい、朽ちかけた百姓家である。もともと小作の粗末な家だったのだろう。

「ここに十人がいたわけだな」

「へえ」

五助はすでに、従順になっていた。怯える様子もあったが、空家になっていると知ると、ほっとした気配もあった。

説明をさせながら、建物の中を検めた。

数本の一升徳利《どくり》や米俵、味噌などが目についた。寝具が乱暴にたたまれて、賽子などの遊び道具も残っている。竈も、昨日まで使われていたようだ。

徳利にはまだ酒が残っていて、検めると下り物だった。

「奪った銭で、贅沢《ぜいたく》をしていやがったわけだな」

恩間は声に出して言った。無宿者たちにしたら、口にしたこともない上物の酒なのだろう。だから次吉郎に従っているのか。

「次の行き先について、見当がつくか」

「そんなこたあ、おれたちには伝えられねえ」

次吉郎や留吉、梅八が決めてきた。子分はついて行くだけだ。

「なぜ、板橋宿周辺を狙うのか」

「知らねえが、次吉郎が決めた」

おれたちは逆らえないと付け足した。

「声をかけられてやってきた者の間では、話をしなかったのか」

「そりゃあしたさ」

すべての者が、関八州や東北から出てきた無宿者だった。

江戸へ出てきたばかりの者もいれば、悪事を身に付けたすれっからしもいた。

新しく入ってくる者もいるが、いつの間にかいなくなった者もいる。

周辺の、農家の者にも問いかけをした。

「おかしなやつらが、寝泊まりしているのは気づいていました」

赤子を背負った若い農婦は答えた。

「いつごろからかね」

「二月にはならないと思いますが」

五助に言わせると、十条村の隠れ家には他よりも長くいたという。人数は、増えたり減ったりしたとか。

「何かされることは、なかったか」

「なかったですね。どうせじきに出て行くと思っていたので、騒いだりはしませんでした」

実害がなければ、面倒なことに関わりたくないといったところらしい。

「村の者とは、悶着を起こすなって言われていました」

五助が漏らした。

「次吉郎や留吉、梅八という名に覚えはないな」

「ありません。でもずいぶん前に、どこかで聞いたような」

同じような名は、どこかで聞いたとか。珍しい名ではない。恩間は女房に、さらに問いかけを続けた。

「頭らしい男と子分の見分けはついたか」

「つきました」

「どこでだ」

「だって、身なりが違ったから」

三人は、職人の頭といった、垢《あか》ぬけたものだったとか。月代もきちんと剃っていた。それが次吉郎と留吉、梅八ということだろう。

それは五助も認めた。五助の身なりは貧しいままだ。

他の農家でも訊いたが、同じような返事が返ってきただけだった。ただ初老の百姓が、身なりのいい一人が板橋宿の方へ歩いて行くのを見たことがあると告げた。昼間のことだ。

「宿場の様子を探りに行ったのか」

五助に言わせると、次吉郎ら三人は、折々交代で出かけていたようだ。

「行った先は、板橋宿だけじゃあねえと思いますが」

「なぜ分かるのか」

「戸田の渡とか、蕨宿とか話しているのを聞きましたから」

出かけた留吉や梅八が、次吉郎と話していたそうな。

「何をしに行ったのか」

「さあ」

どんな用事かは分からない。下っ端には知らされない。

十条村で一通り聞き込みをした恩間は、連れてきた宿場の若い衆二人に、五助を板橋宿の倉庫へ戻すように告げた。

それから恩間は、一人で戸田の渡まで足を延ばした。

荒川を、渡し船で越えた。旅人だけでなく、近郷の者とおぼしい百姓なども乗っていた。

渡り終えた船着場には茶店《ちゃみせ》があって、藍染《あいぞめ》の幟《のぼり》が川風に揺れている。何軒かの倉庫も並んでいた。客待ちをする駕籠《かご》舁《か》きの姿もあった。

恩間は歩いて蕨宿へ入った。四百戸余りの宿場で、板橋宿と比べれば鄙《ひな》びた印象だ。

四宿見廻り役としては関わらない土地なので、何年か前に一度通っただけだった。その頃と比べると人馬も増えて、活気があると感じた。

まずは、問屋場の年寄役に問いかけた。道中奉行配下の者だと伝えた。

「蕨宿周辺では、追剝は出ないようだな」

「ええ、幸いなことです。板橋宿では、お困りのことでしょう」

年寄役は、同情する口調で言った。

「こちらには、変わったことは起こっていないのか」

「お陰様で。むしろ追剝騒ぎが起こるようになってから、宿泊する方が増えました」

板橋宿にとっては痛手だが、蕨宿の旅籠などにとっては好都合といえた。

「次吉郎や留吉、梅八という者を知っているか」

「旅籠の主人に、梅七《うめしち》さんという方がいますが」

それは何の関わりもないだろう。

宿場の大まかについて尋ねた。蕨宿を差配するのは問屋場の名主など年寄役だが、その他には岩津屋傳左衛門という駕籠屋の主人がいることが分かった。

「いろいろと、宿場のために力を尽くしてくださいます」

年寄役は言った。蕨宿で生まれ育った者で、宿場への愛着が深いらしい。そういう者は、各宿場に必ず一人や二人いる。

船着場に、客待ちをしていた駕籠舁きがいたのを思い出した。

「岩津屋は、儲かっているのか」

「そうじゃないですか。隣の浦和《うらわ》宿だけでなく、その先の大宮《おおみや》宿や上尾《あげお》宿まで行っているようです」

傳左衛門は金貸しもしているとか。蕨宿だけでなく、周辺の宿場や百姓家にもだ。

　それから宿場の中を歩いた。茶店では、旅人が煙草を吸いながらくつろいでいる。

「板橋宿では、一休みをしないのか」

「あそこは、さっさと通り過ぎます。怖いですからね」

問いかけに、そんな返答がきた。

駕籠屋の岩津屋の建物が目についた。何丁かの空き駕籠が並んでいる。ついでなので、店の中にいた傳左衛門の顔を確かめた。

宿場の者に尋ねると、傳左衛門の評判は悪くない。

「蕨宿を、もっと賑やかにしたいと考えているようです」

宿場の者にしてみれば、当然の望みだろう。

一刻ほど訊き回ったが、次吉郎らが宿場で何かをしたという気配は、窺えなかった。追剝はもちろん強請《ゆすり》たかりなどもなく、宿場は平穏だった。

五

直次は松丸屋の二階の屋根に乗って、先日とは違う箇所の雨漏りの修繕をしていた。営繕は素人《しろうと》だが、できることは何でもするつもりだった。

午後になって、灰色の雲が空を覆ってきた。つい先ほどまで輝いていた青葉の色が、くすんで見える。

すぐではないが、一雨あるかもしれない。それならば、今のうちにできるだけのことをしておかなくてはならないだろう。

もう梯子を上るのも、手間取ることはなくなった。

怪我も治してもらったことは忘れない。返せるところでは返す。頼られるのは嫌ではなかった。

熊切屋猪三郎のように、喜兵衛は自分を利用しようとしているのとは違うと直次は受け取っている。

「お茶にしましょう」

お路に声をかけられた。泊り客を受け入れる支度はできたが、まだ行き過ぎる旅人が立ち止まる刻限にはなっていない。旅籠で働く者にとっては、一番ほっとする刻限だ。

お路が饅頭《まんじゅう》を拵えた。喜兵衛とお久の四人で、茶菓子として食べた。

「美味《おい》しいですね」

直次は言った。熊切屋にいたときは、酒は飲んでも饅頭で茶を飲むなどはなかった。松丸屋へ来て、酒はまだ一滴も飲んでいない。飲みたいと思うこともなかった。

熊切屋では、毎日のように飲んでいた。

口の中に甘さが広まる。饅頭と茶でも、気持ちが休まった。

「こんな暮らしを続けてもいい」

という気持ちが芽生えそうになって、慌ててそれを打ち消した。

「追剝の一人が逃げるのを待ち伏せたというのは、なかなかできることではありませんよ」

「まことにまことに」

お路の言葉に、喜兵衛が頷いた。

「雨漏りの修繕は、うまくいけばいいのですが、まだ漏るようならば、やり直してみます」

直次は言った。褒め言葉は、聞き流した。

修繕に自信があるわけではない。雨になるかもしれないので、すぐに直しを再開した。

天候が怪しくなってくると、旅人の歩みが速くなる。

作業をしていると、道から誰かに見上げられているのを感じた。目をやると、恩間満之助がこちらを見上げていた。直次は手を止めて、黙礼をした。

昼下がりになって、空が雲に覆われてきた。蕨宿界隈《かいわい》を歩いていた恩間は、板橋宿へ戻って来た。

上宿の松丸屋の前まで来て、二階から槌音《つちおと》が聞こえてきたので見上げた。すると直次が、屋根の修理をしていた。その動きを、しばらく見ていた。

動きに無駄がない。

昨夜直次は、縁切り榎近くで追剝の一人を捕らえた。月明かりがあったとはいえ、暗闇でのことだ。そこでの動きは迅速で確かだった。判断も正しいし、慣れている印象があった。

相手は歯向かったはずだが、生け捕りにした。生け捕りにするのは、殺すよりも難しい。

「素人ではないな」

と感じた。

前に直次について訊いたとき、提灯屋の若旦那定之助が、不審な者だと口にしていたのを思い出した。そのときは聞き流した。

得体の知れない流れ者など、どこにでもいる。

四宿見廻り役になって感じていることだ。無宿者は、毎日のようにやって来る。いちいち当たっていたら切りがない。

しかし昨夜の動きを目にしてから、気になった。屋根の修理仕事も、手際よくやっている。

腕を怪我していたという。現われたのは二日の朝で、血にまみれた着の身着のままだったとか。

地蔵の錫杖を手にしていた。それで追剝を追い払った。

「いったい、何やつだ」

と声になった。

問屋場へいって、直次を治療した人物を聞くと、馬医者の午拾だと知った。

その住まいへ行って、怪我について訊くことにした。表通りから横道に入ると、途端に田舎臭くなる。田植え前の田圃が広がっているが、午拾の住まいは、いかにも貧し気なしもた屋だった。

ただ庭には、薬草らしきものが植えられている。

戸は開いたままで留守だった。近所の者に訊くと、一刻半くらい前に、呼び出されて出て行ったとか。

「馬の出産じゃあないかねえ」

馬医者としては有能で、信頼されているらしかった。

半刻以上待って、ようやく外出から帰ってきた。そこで話を聞いた。道中奉行の配下だと伝えても、驚く気配はなかった。

「あいつは、左の二の腕をざっくりやられていた」

午拾は、恩間の問いかけに答えた。

「刀傷だな」

「いや刃物でも、刀ではなかった」

鋭利な切り口ではないという話だ。

「では何か」

「捕り物道具の、何かなのは間違いない」

刺股や突棒の先には、尖った金具がつけられている。

「深手だったが、あれでよく追剝を追い払った」

直次に悪い印象を持ってはいないようだ。とはいっても、午拾本人が、昔を探れば何が出てくるか分からない海千山千の男ではないかと感じた。

「傷を負った経緯を話したか」

「いや。聞かなかった」

「なぜだ」

「人には、いろいろあるだろうからな」

「しかし怪しいやつだぞ」

「そんなことは、おれにはどうでもいい。探りたいなら、あんたが探ればいいだろう」

「…………」

「少なくともあやつは、板橋宿では悪事を働いていない」

午拾は言った。それで文句があるかといった顔だった。

「それはそうだが」

細かいことはどうでもいい、という気持ちは分からなくはなかった。午拾は直次を受け入れている。

しかし恩間は、そのままにはしたくないと感じていた。

宿内で、一番気になる人物になった。直次のことを考えると、気持ちが騒いでくる。とはいえそれは、悪い感情ではなかった。

「やつが現われたのは、四月二日の早朝だな」

「そうだった」

午拾が答えた。

「ならば怪我を負ったのは、前日の夜か」

何があったかは知らないが、手当てもせずに逃げ出して来た。

「ろくなことではないぞ」

それだけで、充分に怪しい。気になった点は確かめる。どうするかは、その後で決めればいい。

「調べるのか」

「そうだな」

「あやつは、人を殺してはいない」

午拾は、確信を持って口にしているように感じた。

「なぜ分かる」

「人を殺した者は、あれでは済まない」

「心の乱れということだな」

午拾は恩間の問いには答えず、逆に訊いてきた。

「あんたは、人を斬り殺したことがあるか」

「……………」

幼少から、無外流の剣術を学び、皆伝を受けた。しかし人を斬り殺したことは、まだなかった。

役目上、いつかはあると腹は括《くく》っていた。

「人を殺すというのは、たいへんなことだ」

午拾は、確信があって言っているようだ。

「その方は、人を殺したことがあるのか」

板橋宿へ来たのは二十年ほど前だと聞いていた。とはいえ午拾は、板橋宿で悶着を起こしたとは聞いていない。ならばその前、ということになる。

「忘れたな」

言いながら茶碗《ちゃわん》の酒を、一気に飲み干した。

六

　恩間が午拾の家を出ると、雨が降り始めていた。水を含んだ道が、土のにおいを伝えてくる。

　直次がどこかで、刃物をふるって悶着を起こしたのは、四月一日の夜だ。深手だったというから、そう遠いところから逃げてきたとは思えなかった。

　その日に何があったのか、道中奉行のもとへ行って確かめることにした。記録があるかもしれない。

　道中奉行は、大目付兼帯である。宿場の問屋場で傘を借りて伯父である跡部忠行の麴町《こうじまち》の屋敷へ行った。伯父は不在だったが、道中方の者に四月一日に板橋宿付近で何かことが起こっていなかったか、記録を当たってもらった。

「四宿では、板橋宿で追剝があったというだけでござる」

　品川宿で、破落戸の喧嘩騒ぎがあったが、軽い怪我人が出ただけで済んでいた。問題になるような出来事ではない。

　がっかりした。しかし街道ではなく、町奉行所が所轄をしている場所かもしれないと考えた。月番は北町奉行所なので、そちらへ足を運んだ。

町奉行所にも知り合いの与力がいて問いかけた。

「一日の夜は、いくつか綴《つづ》りに残っていることがござる」

と返された。期待した。

深川《ふかがわ》や蔵前《くらまえ》で喧嘩騒ぎがあり、大川《おおかわ》に架かる永代橋《えいたいばし》では身投げがあった。江戸では、毎日何かが起こっている。

「板橋宿に近いあたりでは、何かなかったのでござろうか」

「ああ、ありました」

綴りの一部を与力は指さした。書かれている文字を、目で追った。

小日向茗荷谷町の空寺内で、土地の地回り熊切屋猪三郎が賭場を開いていた。知らせを受けた北町奉行は、賭場検めをおこなった。

「御承知の通り、賭場はいたるところでおこなわれています」

「そうでござるな」

取り締まっても、雨後の筍《たけのこ》のようにどこかで始まる。

「とはいえ、捨て置くわけにはいかぬゆえおこなった。逃げたのならばそれでよいと考えていたのだが」

検めをおこなったという事実が大事だった。町奉行所は、何もしていないわけではないと言える。

「それは地回りの方でも分かっていて、ことがあった折は逃げ出す手立てになっていたのでござるが」

「なるほど」

「ところが地回りの子分で、抜いた匕首で捕り方を刺してしまったやつがいまして」

「亡くなったのでござるか」

「そうではないが、重傷を負った」

「となると、そのままにはできぬわけですな」

「さよう」

「その刺した者については、分かっているのでござるか」

「分かっています。直次という三下だそうで」

恩間の全身が熱くなった。

「己も、傷ついたわけですな」

「いかにも。しかしそのまま逃げたとか」

間違いなかった。殺してはいないという午拾の言葉は当たった。

「追っ手は、出したのでござろう」

「いかにも。捜したのですが、行方知れずのままでござる」

調べは、そのままになっていた。

「見つかれば、すぐにも追っ手を出すところですが」

与力は言った。立場としては、捨て置けない事件だ。とはいっても、うやむやになって困る案件でもなかった。しょせん下っ端の捕り方が、怪我をしただけだった。

「直次というのが、どのような者か分かっているのか」

「常州無宿で、地回りの熊切屋に拾われたと聞きますが、詳しいことは分かりません」

熊切屋は町奉行所に出頭して、神妙に頭を下げたという。以後は一切、御法度には手を出さないと誓った。

とはいえそれは表向きのことで、誰もが本心でないのは分かっていた。要所要所に袖の下を配っていた。

「直次のやつは、不心得者です」

ひっ捕らえたら、好きなようにしてくださいという話をして引き揚げて行ったそうな。

翌日恩間は、小石川の伝通院門前白壁町へ足を向けた。無量山《むりようさん》伝通院寿経寺《じゆきようじ》は将軍家ゆかりの大寺だ。

雨は夜中のうちに上がっていた。

熊切屋の表稼業は口入屋だと聞いていたので、場所はすぐに分かった。猪三郎に会った。

猪三郎は四十を二つ三つ過ぎた歳で、肩幅のある強面《こわもて》の者だった。

「お手数をお掛けいたします」

いかにもしたたかそうな面貌だが、下手に出ていた。道中方であることは、伝えた上で会っていた。

「直次のやつ、とんでもないことをしでかしやがって」

不始末を、すべて直次一人に押し付けている言い方だった。

「どうぞ捕らえて、八丈でも佐渡にでも送ってくださいまし」

それで済むなら何なりと、といった口ぶりである。

「あやつについて、分かることを話してもらおうか」

「へえ」

代貸しを呼んだ。そちらの方がよく知っているのだとか。

「あいつは常州行方郡の小作の次男だと聞いています」

続く不作で食えず、六年前に郷里を捨てて江戸へ出てきた。とはいえ知る人のいない江戸で、無宿者がまともな仕事につけるわけがなかった。

「うちで拾って、手伝い仕事をさせていやした」

「使える者だったのか」

宿場での動きから、そう感じていた。

「へえ。機転の利くやつでした。荒仕事もこなしました」

だから賭場の出方をまかせていたと付け足した。

「ただあいつは、かっとなると手が付けられないところがありました」

「なるほど。捕り方とやり合って、つい刺してしまったわけだな」

「そうかもしれやせん。やつの居所が分かりやしたら、とっ捕らまえてお連れいたしやす」

代貸しは言った。躊躇う気配はなかった。

直次のこれまでが分かった。とはいえ、すぐに捕らえるつもりはなかった。板橋宿の追剝を捕らえるのに使えそうだ。

その後恩間は江戸へ戻った。直次の素性が分かって、一息ついた。四宿見廻り役として、他にも用事があった。

七

「昨夜の雨でも、雨漏りはなかったよ。なかなかの、修理の腕じゃないか」

朝になって顔を合わせたお路が、直次に言った。

「これであの部屋にも、お客を泊められますよ」

喜兵衛が笑顔を見せた。客が来なければどうにもならないが、部屋を空けたままにしてはおけない。小さなことだが、笑顔が嬉しかった。

昨夜は雨だったが、いつもの見廻りはおこなった。恩間も顔を見せたので、直次は頭だけは下げた。何かを言うわけではなかったが、見廻りの間、何度か見られているのを感じた。

宿場の者の対応は、半々だった。

「昨日はお手柄だった」

と声をかけてくる者もいれば、いない者のように扱う者もまだ少なからずいた。定之助は後者だ。

定之助は、折々恩間と話をしていた。何を話しているのかは分からない。関心はなかった。どうにでもなれ、という気持ちだった。

昨夜はさすがに、追剝は出なかった。

宿泊の客を送り出した後は、喜兵衛を先頭に四人で掃除をした。昼四つ過ぎ、掃除の後はとりあえずすることがなくなった。

そこで直次は、十条村の隠れ家へ行ってみることにした。すでに恩間が、五助を伴って隠れ家を調べているはずだが、何か手掛かりがあったという話は聞かなかった。

けれども直次は、自分でも当たってみたかった。探せばきっとどこかに、何かの手掛かりが残っていると思うのだ。そこをはっきりさせなければ、話は進まない。

追剝らを捕らえたら、自分は松丸屋を出て行く。気持ちのどこかに心残りが芽生えているが、それは考えない。

他に次吉郎らに迫る手立てはなかった。この後がどうなろうと、目の前にある疑問は解決させておきたかった。

十条村へ行って、直次は田圃にいた農婦に問いかけた。抜け殻になった隠れ家の場所は、昨夜耳にしていた。

「昨日、奉行所のお役人が、お調べに来たはずですが」

「ああ、来ていたね。あそこの空家のことを尋ねてきた」

指さしたところに、空家があった。粗末な小作の家という感じで、十人が寝泊まりするのがやっとくらいの広さだった。

直次が生まれた家は、これよりも小さかった。

建物まで行って、直次は中と周辺を調べた。中は雑然としているが、それこそが人がいた証拠になっていた。

「なぜここを隠れ家にしたか」

まずはそれを考えた。たまたま目についたからか。あるいは、何かあてがあったのか。

住まいの跡を見ただけでは、何も分からない。ただこだわりがあったのは間違いない。旗本育ちの恩間には、ただの粗末な小屋にしか見えなかったかもしれないが、直次には次吉郎の気持ちが分かる。粗末な小屋でも、縁のある者には良きにつけ悪《あ》しきにつけ、消せない思い出がある。直次にしても、生まれ育った住まいは建物の隅々まで頭の中に残っている。

そこで一番近い百姓家へ行った。小前の家だ。

「ああ。昨日も、そのことを訊きに来たお侍がいたね」

腰の曲がった婆さんが答えた。鶏の鳴き声が聞こえる。

「あの空家は、いつからああなっていますか」

三月や半年ではないだろう。

「そうだねえ。もう六、七年になるか」

指を折って答えた。

「どういう人が、住んでいましたか」

「百姓代の家の小作だよ」

作兵衛《さくべえ》という者だそうな。その頃不作が続いて、食えなくなった。作兵衛は五十をいくつか越した歳で、女房と三人の倅《せがれ》がいたとか。

「倅たちはずいぶん前から江戸へ稼ぎに行っていて、忙しいときだけ戻って来た」

普段は夫婦二人の暮らしだったとか。

「おかみさんが亡くなったのを機に、家をたたんで江戸へ出たと聞いたけどねえ」

それ以来、会っていないという。

「作兵衛さんは、倅を頼ったわけですね」

「まあそうだろうね」

「倅の名は、何と」

「とうきちろうとじろきち、それにさんじだったと思うが」

自信がない様子だった。近くても、よその家の小作だったから、親しかったわけではなかった。

越した先は分からないというので、作兵衛と親しくしていた百姓を教えてもらった。

その百姓を訪ねて、直次は問いかけを続けた。

「不作だと、小作は食うのもたいへんだった」

育てた稲は、一粒も口に入れることはない。地主に取り上げられてしまう。わずかばかり残った米は売って銭にした。

「三人の子どもを食わせるのは、たいへんだったでしょうね」

直次も三人兄弟だった。もう一人いたが、間引かれたと聞いている。

「まあそうだろうな。ただ三人の内、真ん中のは元気がよかった。仲間を連れて、石神井川の向こうの滝野川村《たきのがわむら》の悪餓鬼と喧嘩をしていた」

「越した先に、覚えがありますか」

「確か音羽町《おとわちよう》だと聞いたが」

護国寺《ごこくじ》の門前町だ。将軍綱吉《つなよし》が、母桂昌院《けいしようい ん》の願いを受けて建立した寺だ。門前町が、長く南に延びている。何丁目かは分からない。

ただ佐平治《さへいじ》長屋というのだけは覚えていた。

「頼った倅は、何をしているのかね」

「惣領《そうりよう》は薬種の振り売りではなかったか」

無駄足を覚悟で、直次は音羽町へ行った。音羽町は江戸川橋《えどがわばし》まで、一丁目から九丁目まであった。一つ一つ当たって行く。

手間はかかったが、佐平治長屋を捜し当てることができた。

「作兵衛さんは、越してきてから二年くらいで亡くなりましたよ」

と大家に言われた。流行病《はやりやまい》に罹《かか》ったのだとか。気勢をそがれたが、怯んではいられない。

「倅のとうきちろうさんは」

と問うと、倅の名は藤吉郎ではなく長吉郎《ちようきちろう》だと分かった。話を聞いた婆さんの記憶は、あいまいだった。

「それから半年ほどで、出ていきました。どこへ行ったかは知りませんけどね」

四月《よつき》分の店賃《たなちん》を溜めて、そのままだとか。大家は腹を立てていた。

「弟が二人いたはずですが」

「ええ、いましたね。でも一緒には住んでいませんでしたよ」

どこでどうしているかは分からない。名を聞いたかもしれないが、覚えていなかった。

そこで長屋へ行った。井戸端に女房が四人いて問いかけた。

「長吉郎さんと作兵衛さんの親子ならば、覚えていますよ」

中年の女房は答えた。とはいえ長吉郎の行方は知らないという。

「弟が二人いたはずですが」

「ああ、いたいた」

「どこで何をしているか、分かりますか」

「そんなこと、知らないね」

たまに来ているのを見ただけだという。

「でも、二番目のが、なかなかやり手のような気がしたよ」

「そうそう、怖い感じだったね」

身なりもよく、作兵衛に小遣いをやっていたらしい。

「名は分かりますか」

「ええとねえ」

一人だけ、記憶にある者がいた。

「じきちろうって言ったと思うけど」

「じろきちではないですね」

確かめた。腹の底が熱くなっている。

「いや、じきちろうだね」

「そうか」

五助は、次吉郎は芝の商家の次男坊だと言っていた。正体を隠すために、そう告げていたのだ。

音羽までやって来たかいがあった。一番下は参吉《さんきち》という者だった。耳にした通りならば、次吉郎は十条村や板橋宿周辺に土地勘があったことになる。

「次吉郎について、何か分かることがありますか」

直次は、長屋の井戸端にいる女房たちに問いかけた。次吉郎の父作兵衛と兄長吉郎が暮らした長屋だから、まだ聞き出せることはあると考えた。作兵衛が暮らした二年ほどの間には、次吉郎も度々顔を見せたことだろう。

「あたしゃ顔だって覚えていないよ」

という者もいたが、話しているうちに思い出した者もいた。

「まともな稼業じゃなかったと思うけど」

「ああ、懐に匕首を入れていた。ぞっとした」

「下の弟は、そうでもなかった」

参吉のことだ。

「でもさ、今になってそんなことを聞きに来て、何かあったのかい」

目を輝かせた者がいた。物見高い質《たち》らしい。

「いや。次吉郎っていうのは、昔の知り合いでしてね」

「何をやっていたんだい」

「板前ですよ。小さなところの」

　そう言ってごまかした。するとこれまで聞いているだけだった、三十歳前後の金壺眼《かなつぼまなこ》の女房が言った。

「二番目の人は分からないけど、一番下の弟は浅草寺《せんそうじ》の門前で見かけたよ」

　長吉郎がいなくなって、三月ほどした頃だそうな。浅草寺へ、亭主と参拝に行った折にだとか。

「何をしていましたか」

「唐辛子を売っていたっけ」

　話をしたわけではない。作兵衛の倅だと思っただけだ。

　浅草寺の門前界隈は賑やかで、唐辛子や爪楊枝《つまようじ》を売る屋台店は多い。捜すのに手間取るかもしれないが、労を惜しむつもりはなかった。弟の参吉を突き止められれば、兄の次吉郎に繋がるはずだった。

第三章　浅草寺門前

一

直次は浅草寺門前へ向かった。

浅草寺門前には、食い物や雑貨、土産物《みやげもの》などを商う露店が所狭しと並んでいる。唐辛子売りの数は多かったが、片っ端から訊いてゆくつもりだった。

いつ来ても、混雑している。大道芸人が、取り囲んだ者たちに口上を述べていた。独楽回《こままわ》しを始めるようだ。

ここでふと、何者かに見られているような気がして振り返った。大勢の老若の男女がいる。それだけで、不審な者がいるとは感じなかった。

直次は中年の唐辛子売りに問いかけた。

「さあ、参吉という唐辛子売りねえ。聞かない名だが」

知らないと告げられてもめげない。簡単に捜し出せるとは思っていなかった。

「そういえば、いたっけ」

と口にしたのは、七、八人目のことだった。

「今も、唐辛子を売っていますか」

「いや、いないね。あの人は死んだって聞いたけど」

魂消《たまげ》た。

「病でですか」

父親は流行病で亡くなったと聞いた。

「そうじゃねえ、殺されたはずだが」

三年近く前のことだとか。

「何があったんですか」

「地回りと悶着を起こしたって聞いたが、詳しいことは知らねえなあ」

「兄がいたはずですが」

「そういえばいたな。界隈では、なかなかの顔だったと思うが、この二、三年は顔を見ない」

詳細を知っていそうな者として、近くで商いをしていたこわ飯屋の親仁《おやじ》を教えてくれた。

「参吉のことは、少しは知っているよ。並んで商いをしていたからね」

こわ飯屋の親仁は言った。三十代後半の歳で、首に疱瘡《ほうそう》の痕が窺えた。

「殺されたということですが」

「まあそうだね」

「どのような事情でしょうか」

「あいつには、好いて好かれた娘がいたんだが、横恋慕をする者がいた」

花川戸町《はなかわどまち》の地回りの親分の倅だった。

親分の倅は、子分たちを参吉に絡ませて大怪我をさせた。娘から手を引かせるためにだ。

「一人を大勢が寄ってたかって痛めつけた。酷い傷痕だったらしい。それがもとで、三、四日ほどで亡くなった」

「なるほど」

酷い話だと、腹が立ったわけではなかった。地回りならば、それくらいのことは平気でするだろう。

「土地の岡っ引きは、何もしなかった。少しばかり聞き込みをして、やくざ者の喧嘩ってことで終わらせたんだ」

「参吉には兄がいたはずですが、何もしなかったのですか」

「そこだよ」

こわ飯屋は声を小さくした。次吉郎は、門前町界隈の地回りの子分としては、幅を利かせている者だった。賭場の代貸しもやったらしい。

「参吉の兄貴は、地回りの親分の倅を、刺しちまった」

「死んだのですか」

「二、三日してからね」

「仇《かたき》を取ったわけですね」

「可愛がっていたからな」

参吉は、いい場所で商いができた。それは次吉郎がいたからだ。場所次第で、売り上げは変わる。

「そうなると次吉郎さんは、ここにはいられませんね」

「騒ぎのあった翌日には、いなくなっていたね」

ここから離れる覚悟で刺したのだと思われた。残れば、門前町界隈と花川戸町界隈の地回り同士の争いになる。

「刺された地回りの倅は、次吉郎のことは知っていたはずだが、舐《な》めていた。そこまではしないと踏んでいたんだろう」

「甘いやつですね」

「まあな」

「その後、町方役人が出張ったのですか」

「いや。それもなかった」

当然だろうと思った。しょせんはやくざ同士の喧嘩だ。定町廻《じょうまちまわ》り同心も土地の岡っ引きも、形ばかりの調べをしてそのままになった。大事《おおごと》にしたくない両方の地回りから、袖の下が贈られたのだろう。

次吉郎がいなくなったところで、それぞれの面子《めんつ》が保たれた。

「それ以後、次吉郎さんの姿を見たと言う人は、この界隈にはいないね」

現われれば、どちらの親分も黙ってはいられなくなる。次吉郎も、それは分かっているだろう。そういう世界で生きていたのだ。

「なるほど」

江戸を出たのだと察せられた。殺しをしたことは間違いない。

「街道へ出て、追剝になったわけか」

これで次吉郎の暮らしのもとと、十条村や板橋宿界隈に土地勘があることは分かった。ただそれでも、まだ腑《ふ》に落ちないことがあった。

「なぜ板橋宿周辺を狙い打ちにしているのか」
二、三度やってそれなりに稼いだら、場所を移してもいいのではないかと思うのだ。狙われるし、宿場の警固も厳しくなる。他の場所の方が、やりやすいだろう。
それを承知で無宿者を集めている気配だ。

「何かわけがあるぞ」

直次は呟いた。

二

雨が止んで、爽やかな新緑の風が吹いた昼四つ過ぎ、定之助は表通りに出た。取り立てての用事があったわけではない。家業の提灯の売れ行きはよくなかった。追剝には腹が立っていた。

「おや」

上宿に出て松丸屋に目をやると、直次が姿を見せた。通りに出て街道を歩いて行く。外へ出てくるのは珍しい。

「あいつ、どこへ行くんだ」

気に入らないという気持ちは、さらに高まっている。何をするのかと、物陰に隠れて様子を窺った。

一昨日直次は、追剝の一味を捕らえた。それまで不審に思っていた宿場の者でも、「よくやった」と評価する者が増えた。自分は、賊を逃がしてしまった。注目が、余所者の直次に向かった。

賊の一味が捕らえられてよかったという気持ちはなく、してやられたという悔しさだけが残った。しかも、お路とうまくやっているように見える。それも気に入らなかった。

認めたくはないが、嫉妬の気持ちが少しずつ濃くなってきた。

前から、お路を嫁にしたいという気持ちがあった。ただ自分は跡取りでお路は一人娘だから、松丸屋のことがある。

「あんな潰れそうな旅籠、どうでもいい」

と内心で思っていたが、お路や喜兵衛は、どうにか再興したいと考えている。それが分かるから、同情し力を貸すふりをずっとしてきた。

お路は、貰い子だという噂もあった。ただ真偽のほどは分からない。出来ればお路と、話をしたかった。その機会を探っていたところで、直次のやつが現われた。

得体の知れない胡散臭《うさんくさ》いやつだが、いつの間にか松丸屋に食い込んでいる。追剝の仲間を捕らえたことで、宿場にも入り込んできた。

「今は猫を被っているが、叩けば埃《ほこり》の出るやつだ」

とも考えていた。追剝一味に、関わりがないともいえない。いつか化けの皮を剝がしてやると思っていたから、直次の外出は見逃すわけにはいかなかった。

「悪巧みがあるならば、暴いてやる」

という腹だ。そのまま、間を空けて後をつけた。

直次は、十条村へ入った。十条村に、追剝たちの隠れ家があったことは聞いている。

「やはりあいつは、仲間か」

と考えて、胸が高鳴った。

直次は田圃にいた農婦に問いかけた。場所を確かめているように見えた。まっすぐに行かないならば、仲間ではないことになる。

失望はあったが、それでも様子を窺う。

直次が次吉郎ら、追剝たちの隠れ家を当たろうとしているのは間違いない。近くの百姓家へも入って行った。

中で少しばかり話を聞いてから、外へ出てきた。そして田圃の道を歩いて行く。もう一軒の百姓家へ入ったのを見届けてから、定之助は今しがた直次が訪ねた百姓家へ行った。出てきた婆さんに小銭を与えた。

直次が問いかけた内容について尋ねたのである。

「あの空家に住んでいた、作兵衛さんについて訊かれたんですよ」

話した内容を聞いた。その空家が、追剝たちの隠れ家だったと分かった。

「次吉郎たちが、あの空家に住んでいた者と何か関わりがあると考えたわけだな」

と定之助は察した。恩間がどういう調べをしたかは分からない。ただ直次の動きからすれば、仲間ではないとはっきりした。

「作兵衛という人についての問いかけを、昨日のお役人はしましたか」

になる。

「いや、しなかったね」

「そうか」

作兵衛が何者かは分からないが、そこから何か出てきたら、また直次の手柄になる。

「今の者には、何を話しましたか」

「作兵衛さんに、倅がいたっていう話だけど」

「それで」

「詳しいことは知らないからさ、答えられなかった」

「その倅が、追剝の一味だとでもいうのか」

定之助は呟いた。急いで百姓家を出た。

田圃の道に出た定之助は、話を聞き終えたらしい直次を追った。もう一軒の百姓家でも、どういう問いかけをしたか確かめたかったが、それをすれば見失う。

直次の後をつけた。十条村を出たのには驚いた。

「いったい、どこへ行くんだ」

直次は休まず歩いて、護国寺門前の音羽町へ行った。予想もしなかった場所だった。

しもた屋へ入った。近所の者に訊くと、そこは佐平治長屋という長屋の大家の家だと分かった。

そこで定之助は、佐平治長屋へ先回りした。直次は必ず、ここで聞き込みをすると踏んだからだ。

「ここまできたということは、何か手掛かりを摑んだのは確かだ」

長屋へ行くと、数人の女房たちが井戸端で話をしていた。気づかれないように裏手へ回って、話を聞けそうな場所で身を潜めた。

すると間もなく、直次が現われた。聞き耳を立てると、次吉郎という名が耳に飛びこんできて驚いた。そして息を吞んだ。この長屋が、次吉郎の縁者の住まいだったと知らされたからだ。

「あいつは、ここまで辿り着いたのか」

直次に嫉妬した。それはお路にまつわる嫉妬とは、まったく別のものだった。

さらに耳を澄ませた。なぜ聞き込みに来たのかの問いかけに、直次は答えた。

「いや。次吉郎っていうのは、昔の知り合いでしてね」

「ほう」

と思った。とんでもないことを聞いた。やはりあいつは、叩けば埃の出るやつだった。

しかしこのとき、近くへ寄ってきた何かがあった。犬だった。不審な者として、唸《うな》っている。

「しっしっ」

手を振ったが、逃げる気配はなかった。

吠《ほ》えられてはたまらない。もっとやり取りを聞きたかったが、定之助はこの場から逃げ出した。

「くそっ」

腹立たしかったが、すべてではないにしても、話を聞けたのは幸いだった。賊が次吉郎であるとはっきりしたこと、そして直次は次吉郎と昔の知り合いだと分かったのは大きかった。

「だから、十条の空家が怪しいと睨んだのだな」

と思い至った。気がつくと、長屋の木戸門から直次が出て行くところだった。後をつけた。

さらに、何かを摑んだのだ。

次に行ったのは浅草寺門前だった。ここは混雑していた。大道芸人や屋台店の前に、人が溜まっている。のろのろ歩きの者が、前を塞いだ。直次にばかり目をやっていると、脇から出て来た者にぶつかった。

人ごみの中に、直次の姿は紛れてしまった。

捜したが見当たらない。悔しいが、どうにもならなかった。

三

直次は、夕方には松丸屋に戻っていた。

「どこに行っていたの。いつの間にかいなくなって戻らないから、どうしたのかと思って」

「そうだよ。ここを出て行ったのかとも考えた」

お路と喜兵衛は安堵の顔だ。

「すみません」

案じられたのは意外だった。身を案じられるのは、初めてだった。

熊切屋で、危ないことをやらされることはあった。そのときは「気をつけろ」と言われた。

口先だけの言葉だと、分かっていた。三下の代わりなど、いくらでもいるだろう。

直次は、今日一日聞き込みをした内容について伝えた。

「なるほど。次吉郎のことが、はっきりしたわけですね」

「あんた、よくやるねえ」

喜兵衛とお久が、称賛する目を向けた。

「まだはっきりしたわけじゃありませんが」

「でも、危ないことをしてはいけませんよ。人を刺すようなやつなんだから」

お路の言葉に、直次はどきりとした。自分も人を刺して、ここまで逃げてきた。

「それにしても、次吉郎はなぜ板橋宿をずっと狙うのでしょうか」

喜兵衛は、直次と同じ疑問を口にした。

「そこの見当はつきません」

「はっきりしたら、捕らえる糸口が摑めるかもしれませんね」

お路が返した。

「このままでは、宿場は寂れます」

喜兵衛はそれを気にしている。この件は、恩間にも伝えておかなくてはならなかった。

捕縛には直接役立たないが、次吉郎について考えるとき、何かの参考になると思った。

「恩間様は、他の宿場へ行かれたとか」

四宿見廻りは、板橋宿だけにはいられない。

「すると今夜の見廻りには出られませんね」

「そうなるね」

もともとは宿場の者で廻ると決めたことだった。今夜は、松丸屋が出る番ではなかった。他の各戸から集められた二十人が向かう。

「大丈夫でしょうか」

直次は気になった。

「腕っぷしの強い荷運びや、怖いもの知らずの馬子《まご》も加わっています」

「それはそうですが」

旅人を守れても、見廻りをする宿場の者に怪我人が出てはいけない。それぞれ得物を手にしていても、力仕事や荒っぽいことに慣れているとは限らないからだ。

襲撃があったときには、見廻りの一人は戦わず、宿場に知らせに走ることになっている。知らせがあったら、宿場の男たちは、何を措《お》いてもその場に走る決まりだ。

次吉郎らは仲間の一人を捕らえられ、隠れ家を失った。気が立っているだろう。二十人という数は賊の数を凌駕《りようが》するが、相手はこちらと違って、荒っぽいことに慣れている。

気になった直次は、喜兵衛に断って、板橋の袂近くまで行って見廻りの者たちの様子を窺った。

「仲間を捕らえられて、怯えているんじゃないか」

「そうだな。臆病風に吹かれて、しばらくは出ないかもしれないぞ」

そんな声も聞こえたが、次吉郎らを舐めてはいけないと、直次は考えた。次吉郎は、地回りの親分の倅を刺し殺していた。人を殺したことがある者は、ない者とは腹の据わりようが違う。

「行くぞ」

旅籠の若旦那が頭になって、二十人が出立した。天気は良くない。今にも降りそうだった。

胸騒ぎがした直次は、一団をつけることにした。暗がりを選んでついて行く。

縁切り榎付近では、人の気配はなかった。

薄暗くなる前に、旅人は板橋宿を通りこした。通る場合には、何人か集まって通るようになっていた。

己の身は己で守るための工夫だが、どうしても薄暗くなってから一人で通らなければならない者もいた。

戸田の渡の近くまでやってきた。この頃には、空からぽつりぽつりと冷たいものが落ちてきた。

「もう今夜はないだろう」

という声が出たところで、渡し船の提灯の明かりが近づいてくるのが見えた。何人かの旅人がいるらしかった。

個人で頼む船は別だが、今日最後の船だと推量できた。

様子を見ていると、菅笠《すげがさ》を被った八人の者たちが降りてきた。その八人は、まとまって薄闇の街道を歩き始めた。見廻りの者もこれに続いた。

直次は、離れた闇の中にいた。雨が、田圃を濡らしている。

一団の足音が、あたりに響いた。松明も灯した。しばらく行ったところで、闇の中に黒い影が現われて、それが一団に駆け寄った。二人や三人ではない。あっという間のことだった。

「追剝だ」

叫び声が上がった。襲ってきた者たちは、初めから長脇差や匕首を抜いていた。

「かまわねえ。ぶちのめしちまえ」

警固の者たちも怯んではいなかった。

賊は先頭だけでなく、街道の両脇からも襲ってきた。そうなると一団は散り散りだ。旅人は、闇の田圃の中へ逃げてゆく。

刃物がぶつかり合う音が響いた。見廻りの者たちは引かない。

「うわっ」

という絶叫が上がった。旅人の一人が斬られたのだ。襲撃から逃げようとしたが、共に歩いて来た菅笠の旅人が、逃げるのを邪魔した。

その様を、直次は見ていた。

旅人が懐から財布らしきものを奪われた。そして直後には、襲い掛かった賊たちは、闇の中に向かって駆け出した。

直次は財布を抜き取った賊を追った。こちらに逃げてきた下っ端と思《おぼ》しき者には目もくれなかった。

財布を抜き取った者が、次吉郎か留吉、梅八なのだと踏んでいた。

その影に向かって駆けたが、闇と雨が目の前に立ちふさがった。賊の姿は、すっかり夜の帳《とばり》に紛れ込んでしまった。

今回は賊を捕らえることができなかった。

乱闘だったから、見廻りの者の中から怪我人が何人も出た。逃げた賊の中にも、怪我をした者はいるはずだった。

そして金を奪われた旅人は、腹を刺されて重傷だった。

「金が、金が」

と呻いた。

近くの農家から戸板を借りて、医者まで運んだ。馬医者ではない医者だ。直次は、怪我人の一人に肩を貸した。

四

雨は、翌朝には止んでいた。刺されて重傷だった旅人は、未明に亡くなった。

日本橋《にほんばし》の縮緬《ちりめん》問屋の番頭で、供の小僧を連れた二人旅だった。

医者の家の一室に寝かせていた。

供をしていた小僧は、掠り傷程度しか負っていなかった。奪われた金子については、正確な額を知らなかった。

賊は金子を持っていた商人だけを狙って、目的を達したのだった。

ようやく明るくなった頃に、縮緬問屋の主人が駆けつけてきた。未明のうちに、使いを走らせていた。

「二十八両を持っていたはずです」

主人は動揺を隠さなかった。金子だけでなく、番頭の命まで奪われた。震える手で、番頭の衣服に触れた。

知らせを聞いた恩間もやって来て、一団となっていた旅人たちから事情を聞いた。渡し船から降りた旅人は八人いたが、残っているのは亡くなった番頭を含めて五人だった。

直次や定之助も傍にいて、やり取りを聞いていた。

まずは殺された番頭に同行していた小僧からだ。

「蕨宿を出たのが、お、遅くなりました。でもまだ、他にも、ひ、人がいるというので、渡し船に、乗りました」

おどおどした口調だ。まだ恐怖が消えていない様子だった。

「追剝の話は、聞いていなかったのか」

「き、聞いていましたが、船に乗るのは、八人いましたので、まさか、こ、こんなことになるとは」

小僧は涙を流した。集金に手間取った。代金を受け取った帰りで、急いでいたという。

他の三人の旅人も、軽傷を負っていた。宿場の者も、数人は怪我をしていた。追剝も、気合を入れていた模様だ。

「渡し船から降りたのは、八人だったな。三人は何事もなく逃げることができたのだな」

恩間が言った。

「いえ、そうではありません」

米問屋の番頭だという者が答えた。

「渡し船に乗って来たうちの三人は、追剝の仲間でした」

怒りと恨みの声で続けた。

「何と」

「油断がありました」

新手のやり口だ。中からも外からも襲われた。

「うちの番頭さんが、一番、お金を持っていると、み、見られたのではないかと、思います」

過《あやま》たず、賊は一番金のある者を刺した。物盗りだから、殺すのが目的ではないだろう。しかし死んでもかまわない、懐の金を奪う方が大事という気持ちだったのは間違いなかった。

「やくざのやり口だ」

直次は胸の内で呟いた。

「船に乗り込んだ賊の顔を、覚えているな」

恩間は問いかけを続ける。

「いえそれが、暗がりだったので」

菅笠を被っていて、よく見えなかった。身なりも旅人ではなく、野良着のような気もするが、はっきりしない。他の旅人も同じような答えだった。

提灯を手にした者はいたが、皆街道の周囲に目をやっていた。旅人の顔など気にしていなかった。

追剝が現われて混乱する中で、番頭は刺され倒れた。すかさず傍にいた者が、その懐をまさぐった。止めようとした小僧は、肘を斬られた。

「追剝たちの中にも、怪我をした者がいるな」

「はい。私たちも死に物狂いでした」

見廻りをした一団の頭役だった旅籠の若旦那が返答した。

「ならば血の跡が残っているのではないか」

と皆で犯行の場の周辺を当たった。しかし夜に降った雨で流されたのか、血痕は発見できなかった。逃げた方向は探れない。

「してやられたな」

恩間が言った。直次は昨日調べたことを伝えようとしたが、先に定之助が恩間の傍へ寄った。

「お伝えしたいことがあります」

と言って、問屋場の他の部屋に入っていった。そのとき定之助は、ちらと直次に目を向けた。口元に嗤いが浮かんだ。意地悪そうな目だと思った。

とはいえ呼ばれない直次は、後ろ姿を見送っただけだった。

二人が話をしていたのは、長い間ではなかった。

「おい。直次」

出てきた恩間に呼びかけられた。それで定之助はおれのことを話したのだと、直次は察した。

「その方、次吉郎を知っているというではないか」

いきなり言われて仰天した。何を言い出すのかと思った。ただ横には定之助がいて、冷ややかな眼差しを向けている。

傍にいた宿場の者たちにも、恩間の言葉が聞こえたようだ。驚きと憎悪の目を向けられた。

「どうしてそんなことを」

定之助の悪意だとしても、そう告げるわけを知りたかった。根拠のない話ならば、恩間は乗らないだろう。

「その方、音羽町の長屋でそう申したそうではないか」

「えっ」

すぐには返す言葉がなかった。音羽町へ行ったことを知っているのも、意外だった。

「音羽町には、次吉郎の父と兄がいた。その方は昨日行って、確かめたのであろう」

「それはそうですが」

あのときの場面が頭に浮かんだ。女房から問いかけをされて、次吉郎は昔の知り合いだと返したことを思い出した。

そこで直次は、昨日十条村へ行ったことから浅草寺門前での弟参吉の出来事までを話した。長屋の女房に告げたことは、思い付きで口にしただけだと付け加えた。

そして逆に問いかけた。

「でもどうして、音羽町へ行ったことをご存じなんで」

すると恩間は、定之助に目をやった。

「あっしを、つけたんですかい」

気がついた。そういえば、誰かに見られていると感じたことがあった。

定之助は、直次の問いかけには答えず続けた。

「そういうことがあっての、昨夜の出来事だ。こちらのことを、やつらに伝えているのではないのか」

「追剝の仲間だ、と言いたいわけですかい」

定次郎に対して、怒りが湧いた。それが、目顔に出たのが自分でも分かった。殴り飛ばす一歩手前で、もしさらに何か言ったら、恩間の前でもただではおかないという気持ちだった。

半殺しにして宿場を出てやる。

「やはりおれは、何をやっても信用されない」

後はどうなってもいいという、捨て鉢な気持ちだ。しょせん自分には、守らなくてはならないものなどないという荒んだ思いが胸に湧き出していた。

「次吉郎が十条村の出というのは、摑めなかった。なぜそうだと思ったのか」

恩間が問いかけてきた。穏やかな口ぶりで、直次の言葉を受け入れた気配だった。信じたのかどうかは分からないが、直次の胸に湧いていた激情が、わずかに治まった。

「初めから、次吉郎の育った家だとは思いませんでした。ただあの家に住んでいた者を、調べてみようと思っただけで」

「そこから次吉郎を炙《あぶ》り出すことができたわけだな」

「生まれながらに住んでいた家には、思いがあります。たとえ小屋にしか見えなくても。恩間様も、お屋敷に思いがありましょう」

「そうだな」

「無駄足になるかもしれないと思いましたが、音羽へ向かいました。他にやることはなかったので」

「まあいい。おれには探り当てることができなかった。次吉郎の昔が分かったとは、大きい」

恩間は言った。直次の功績を、認めた発言だった。とはいえ、こちらに心を許した顔ではなかった。

定之助の言葉を受け入れなかったことで、直次の気持ちは治まった。定之助は、相変わらず憎しみの目を向けていた。

五

直次が松丸屋へ戻ると、案じ顔のお路が帰りを待っていた。またしても死人が出たことは、すでに宿場中に伝えられていた。

通り過ぎる旅人は、皆ますます足早になった。

「とんでもないことになった。怖い話じゃないか」

お久が、背筋を震わせた。

「乗って来た渡し船に、追剝の一味も紛れ込んでいたようです」

耳にしたことを、喜兵衛やお久、お路にすべて伝えた。定之助につけられたことも含めてだ。

「やつら、したたかだねえ」

お路がため息を吐いた。

「宿場として、このままにはできませんよ」

喜兵衛が言った。これから旦那衆が集まって対応策について話すという。

「恩間様がいないのを見計らって襲ってきたんだろうか。こうなると、浪人者の用心棒を雇うしかないのかね」

お久が続けた。

「それも考えに入れなくちゃなるまい」

「でも、その中にも一味が紛れ込んでいるかもしれないよ」

これはお路の言葉だった。

「それにしても定之助は、ふざけたやつじゃないか」

「まったくだよ。力を貸すんじゃなくて、悪党の仲間にしようとしているんだから」

　お久の言葉に、お路が応じた。腹を立てていた。

　直次が台所の傾いた棚を直していると、出入り口の土間でお路が話をしている声が聞こえた。相手は定之助だった。

「何をしに来たのか」

　呟いた直次は、いつの間にか耳をそばだてていた。

「あいつは、追剝の仲間かもしれない」

　重々しい口調で、定之助は言っていた。やはりそれを言いに来たのかと、嫌な気持ちになった。

「そのことなら聞いたよ。直次さんの後をつけたんだって。方便で口にしたことを、真に受けちゃいけないよ」

　お路は、叱るような口ぶりで返した。

「いや。音羽町ならばここから遠いから、伝わらないと踏んで、本当のことを口にしたんだ」

　邪険なお路の口ぶりに、慌てている気配があった。

「考えすぎだよ。恩間様だって、その話には乗らなかったっていうじゃないか」

「いやそうじゃない。乗らないふりをしただけさ」

「何でそんなことを」

「動きを探るためだよ」

「まさか」

「恩間様でさえ探れなかったことを、一日で探って来たんだ。仲間だからこそできたんじゃあないのかね」

定之助は、自信ありげに言っていた。お路は、返事をしない。

「分かったようなことを口にするな」

と直次は思った。仲間だとしたら、耳にしたことを、恩間に伝えるわけがないではないか。そんなことも気がつかないのか。

こちらを貶《おとし》めようとしているから、都合のいいようにしか受け取れないのだと直次は思った。

「それにね、あいつが追剝の一味として捕まったら、松丸屋さんはただでは済まないよ。匿《かくま》ったと見られるからね」

いかにも案じているといった、定之助の優し気な口調だ。さらに続けた。

「悪いことは言わない、今からでも、あいつは追い出した方がいい」

これを言いたいがために、定之助は来たのだと察せられた。

「もういいよ。分かったから、お行きよ」

お路は、うんざりした口調で返した。

「いや。もう一つ、話があるんだ」

「何さ」

「この前の話だよ」

ここで少し間が空いた。直次には何のことやらわからないが、お路には「この前の話」に覚えがあるらしかった。

「私はねえ、お路さんの役に立ちたいんだよ」

声を落としていたが、しっかりした口ぶりだった。お路がどんな返事をするかと直次は息を呑んだが、その声は聞こえなかった。

「返済の期日が、迫っているんじゃないのかね」

これははっきり耳に入った。借金の話だと気がついた。松丸屋は、蕨宿の岩津屋から金を借りている。主人の傳左衛門が顔を見せたのを思い出した。

またやや間が空いたところで、お路の声が聞こえた。

「話は分かったよ。でもね、それは断ったはずだよ」

いかにも迷惑そうな声だった。それを聞いて、直次はほっとした気持ちになっている。

「そんな一時《いっとき》の気分で、返事をするもんじゃないよ。先々のことを、よく考えなくちゃいけない」

「………………」

「ほんとに私は、お路さんのことを考えているんだから」

定之助はしつこかった。お路は明らかに嫌がっている。直次はここで、空咳《からせき》を一つして廊下を歩いた。それで定之助は、舌打ちをした。

直次から顔を背けると、不満そうに引き揚げていった。

「話を、聞かれてしまったみたいだね」

困惑顔になったお路が言った。

「いや」

直次は、曖昧な返事をした。自分には、力になれない話だ。

「あの人、あたしと祝言《しゅうげん》を挙げたいって言ってきているんだけどね」

お路は呟き声で言った。返事もできないままでいると続けた。

「同じ宿場の育ちだから、ずっと前から知っている。小さい頃はよく皆で遊んだものだけど」

「そう。幼馴染《おさななじみ》ですね」

「あたしが石神井川に落ちたときは、ずぶ濡れになりながら助けてくれた」

「いいところがあるじゃないですか」

思いがけない話だ。

「でもあの人、自分が思ったことが一番なの。相手の気持ちは分かろうとしない」

どこか寂し気な口ぶりだ。

「でもねえ」

そこまで口にしてから、お路ははっとした顔になった。

「ごめんなさい。余計な話をしちまって」

そう告げると、帳場の方へ歩いて行った。お路ははっきりした性格だが、定之助にはとことん強く出ていなかった。また喜兵衛とお久夫婦にも、遠慮をしている気配を感じる。

はっきりと、何かがあるわけではない。直次の思い過ごしかもしれなかった。お路は傍《はた》から見れば、気は強いが気さくで屈託のない娘に見えた。松丸屋に借金があるのは、直次も知っていた。少なくはない額だと感じる。それが心の屈託になっているはずだが、面《おもて》に出すことはなかった。

ただそれに、定之助が絡んできているなどとは考えもしなかった。

お路は定之助からの話を断ったと告げていたが、気持ちは揺れていると察した。借りた金は返さなくてはならない。貸した岩津屋傳左衛門は、甘い男ではないだろう。

いざとなれば、定之助を頼るしかないと考えるかもしれなかった。

とはいえそれは、お路や松丸屋の問題だ。一宿一飯以上の恩義はあるにしても、自分には関わりのないことだと直次は思うことにした。金にまつわることならば、何の力にもなれない。

六

昼過ぎの暇なとき、直次はお久に断って松丸屋を出た。浅草寺門前でこわ飯屋の屋台店を出している親仁を訪ねた。

親仁は次吉郎の弟参吉の隣で、商いをしていた。そこには次吉郎も訪ねてきて、参吉と何かやり取りをしたはずだった。そこでの何かのやり取りを覚えていれば、探る手掛かりになるだろうという考えだった。

浅草寺門前は、今日も賑わっている。

「確かに参吉の兄貴は、折々訪ねてきていたっけ。小遣いをやったりしていたが」

やり取りの中身までは覚えていない。長居をすることもなかった。二言三言交わすと、行ってしまった。

「娘が訪ねて来たことは」

「それはあったが」

こわ飯屋の親仁は、言葉を呑み込んだ。

親仁と話をしていると侍が傍に立ったので、直次は顔を向けた。

「旦那」

現われたのは、恩間だった。

「どうしてここに」

「その方と同じ理由だ」

次吉郎のその後の動きを探りに来たのだ。昨日よりも、声や目に微かに親しみを感じた。

恩間にしても、板橋宿の件に関わるようになってから起こった中で初めて死人の出る追剝となった。捨ててはおけない大事になったはずだった。

追い払われるかと思ったが、それはなかった。調べた内容について、恩間の方から口を開いた。

「このあたりの地回りやその子分たちに、次吉郎について訊いてみた」

「何か分かりましたか」

「薄情なやつだというのは分かったが、それだけのことだ」

可愛がったのは弟だけらしい。とはいえ薄情は、地回りとしてうまくいくためには必要な資質だ。

「へえ。ならばもう、ここでは他には何も聞き出せないようで」

「だとしたら、どうするか」

「もう一度音羽町へ行こうかと」

「そうだな。ならば、おれも行こう」

望んだわけではないが、公儀の役人と一緒ならば、何かと役に立つかもしれない。

「でもよ」

と、直次は胸の内で呟いた。

「おれは、賭場検めの捕り方を刺して逃げた身の上だ」

おかしな話だ。恩間はそのことを知っているのか。調べたかもしれないが、問いかけることはできなかった。

音羽町の長屋へ行った。井戸端には女房が一人いるだけで、長薯《ながいも》と牛蒡《ごぼう》を洗っていた。先日話を聞いた者のうちの一人だ。

「次吉郎だけではなく、参吉や作兵衛のことでもいい、何か覚えていることはないか」

恩間が尋ねた。

「そんなこと言われてもねえ」

女房は牛蒡を洗う手を止めて考えたが、何も浮かばないらしかった。

覚悟はしていたが、失望はあった。

恩間は、長屋にいる者たちを集めた。役人だからこそできることだ。その中には、部屋で仕事をしている版木や櫛《くし》の職人もいた。そこで同じ問いかけをした。

「参吉っていう弟は、田原町《たわらまち》の長屋に住んでいたと思うが」

そう口にしたのは、版木の職人だ。はっきりはしないが、そういう話を聞いたとか。気候のよいときは、腰高《こしだか》障子を開けたままにして仕事をする。間に一軒置いただけの同じ建物だったから、話し声が聞こえたのだとか。

「田原町のどこか」

そう問うと、版木職人は首を傾《かし》げた。

「あたしは、訪ねてきた参吉が、長屋の近くでうまいと評判の草餅を作兵衛さんに持ってきてやっていたのを思い出したよ」

婆さんが口にした。

「何という店だ」

草餅を商う店は多そうだ。浅草寺へ参拝に来た客が、土産に買い求める。

「それは分からないけど、なんでも隣は茶店で、若い娘はみんな絣《かすり》の前掛けをしているって」

「参吉は、そこの娘に気があったのか」

「そうではないと思います。他に好いた娘がいるような話をしていましたから」

恩間の問いかけに、版木職人は答えた。

「参吉にそういう娘がいたとしても、おかしくはありませんね」

「それはそうだ」

次吉郎に関する話は聞けなかったが、参吉については聞けた。直次は恩間と共に、再び浅草寺の門前の田原町へ足を向けた。

浅草広小路の西から東本願寺《ひがしほんがんじ》東通りに沿って、一丁目から三丁目まであった。何軒かの茶店はあったが、数えきれないというほどではなかった。

「あれですね」

直次は指さした。そろいの紺の前掛けで、若い娘が給仕する茶店があった。

「参吉という唐辛子売りを知っているか」

二人目に訊いた娘が知っていた。

「よく、買いに来てくれました」

「一人で来たのか」

「女の人と、一緒だったことがあります。その人が、うちの草餅が好きらしくて」

「住まいは分かるか」

「磯右衛門店《いそえもんだな》だって聞いたと思いますが」

それで参吉の長屋が分かった。大家と話をすることができた。

「ええ、うちの長屋にいました。とんでもない最期になったのは、不憫《ふびん》でしたが」

初老の大家は言った。神妙な口ぶりだった。

悶着を起こすような者ではなく、店賃も溜めることなく払っていた。大家としては、充分な店子《たなこ》といってよかった。

「長屋を借りるための請け人は、誰だったのか」

請け人がなければ、たとえ裏長屋でも借りられない。

「但馬屋《たじまや》という口入屋の主人です」

浅草駒形町《あさくさこまがたちょう》に店があるとか。そのまま但馬屋へ行った。

「ええ、参吉さんの請け人になりましたよ。古い知り合いに頼まれましたんでね」

中年の主人は言った。

「それは誰かね」

「江戸者じゃあありません。蕨宿で駕籠屋を営んでいる岩津屋傳左衛門という人です」

「まことか」

直次と恩間は、顔を見合わせた。

「古い知り合いとは」

直次が問いかけた。

「倅の嫁が、蕨宿の出でしてね」

元は旅籠の娘で、宿泊客に駕籠を求められたときは、岩津屋を紹介していた。宿場唯一の駕籠屋だ。

「参吉の兄で、次吉郎なる者を知っているか」

「兄がいると聞いたような気がしますが」

詳しくは覚えていない。知人に頼まれたから、という程度のことだとか。もちろん礼金は受け取ったそうな。

「蕨宿へは、その方が一味の五助を捕らえた折に行った。そこで岩津屋傳左衛門の噂を聞き、顔も見たぞ」

「あっしも、松丸屋へ来た折に顔を見たことがあります」

恩間の言葉に、直次は返した。二人はそれぞれ、岩津屋について知っていることを伝え合った。

「岩津屋と次吉郎が繋がるかどうかは、考えもしなかったがな」

「へえ」

「参吉が長屋を借りるにあたって、請け人を依頼したというのは、何かがあるからだ」

「頼みごとをし、それを聞くという間柄ですからね」

「蕨宿へ行ってみようじゃねえか」

「そうですね」

第四章　燃える小屋

一

大川橋《おおかわばし》近くの船着場に行くと、荒川を上る荷船が停《と》まっている。直次は恩間と共に、醤油樽《しょうゆだる》を積んだ荷船に乗り込んだ。船頭に駄賃を渡して、戸田の渡場で下ろしてもらうのだ。

板橋宿を通る陸路でなくとも、荒川を行き来する船に乗れば江戸へ出ることができた。荷船は蛇行を繰り返しながら、川を遡った。

浅草界隈は人家が密集しているが、今戸橋《いまどばし》を過ぎると鄙《ひな》びてくる。千住大橋《せんじゅおおはし》を通り越すと、人家もほとんど見えなくなった。

土手で、紫の花菖蒲が花を咲かせている。川端を見るともなく眺めていた直次は、恩間に問いかけられた。

「怪我が治ったのに、おまえはまだ板橋宿にいる」

いきなり、何を言い出すのかと思った。恩間も川端に目をやっている。

「いけませんかい」

少し拗ねた気持ちになって答えた。追剝の件があるから留まっている。喜兵衛の代わりに夜廻りに加わるのが大きいが、旅籠の手伝いもあった。とはいえ、いなくてはならない理由ではなかった。ただそれを、よしとしている自分がいた。松丸屋のため、というだけではない。

「かまわねえさ。おまえは役に立っている。居心地がいいならば、いればいいんだ」

恩間が自分に関心を持っている、と感じた。熊切屋にいたことを、知っているのかとも思って、どきりとした。

ならばそれについて、何か言ってきてもいいと思ったが、それはない。不気味だった。

それで捕らえられるのならば、すぐにでも逃げ出す覚悟だった。

「猪三郎は、おれを切り捨てやがった」

と思っている。捕らえられれば、佐渡島や八丈島に送られる。必死で熊切屋の賭場を守ろうとしたのにだ。猪三郎は非情な男だが、気に入られようと必死だった。他に居場所がなかったからだ。

けれども今は、そのために過酷な目に遭うのは真っ平だった。

「松丸屋さんには、世話になりやしたんで」

追剝の件が済むまでは、いるつもりだと伝えた。

「そうか、義理か」

それ以上何か言うかと身構えたが、恩間は何も言わなかった。

戸田の渡に着いた。北河岸の船着場に立つと、ちょうど渡し船も板橋宿側から来て接岸したところだった。

何か話しながら、乗客が降りてくる。

「川を越えると、ほっとしますねえ」

「板橋宿の近くでは、一昨日の夜にも金を奪われて殺された旅の人がいるっていう話ですからねえ」

追剝を話題にしている。

「板橋宿は怖いねえ」

「まったくだ。昼間でも何があるか分からない」

「さっさと、通り抜けるに限ります」

板橋宿では、旅人が銭を使わなくなった。それは宿場の者には死活問題だ。長く続けば、首を絞めてくる。また明るいうちでの追剝はないが、「昼間でも危ない」という声が出てきている。悪い噂は大きくなるようだ。

直次は恩間と共に、蕨宿に入った。

恩間は以前に、宿場の者たちから岩津屋の評判について聞いていたことがあるが、改めて茶店と一膳飯屋で問いかけをする。

「前は、あっさりと聞き流しただけだからな」

念入りに尋ねれば、次吉郎にまつわる何かが出てくるかもしれない。

旅籠の出入り口に番頭がいたので、恩間が岩津屋について尋ねた。

「酒手《さかて》を強要したり、とんでもない駕籠賃を要求したりする雲助《くもすけ》みたいなのはいません」

「荒くれ者は、いないのか」

「ふざけた真似をしたら、傳左衛門さんから酷い目に遭わされるからですよ」

「怖がられているわけだな」

「まあ」

「金貸しをしているとも聞いたが、ならば酷い貸し方をするのではないか」

恩間は意地悪い問いかけ方をしているが、番頭は迷う様子もなく答えていた。

「いえ、宿内の者には高利ではありません」

「気持ちよく貸すわけだな」

「というか、担保がない人には貸しません」

「宿外の者にはどうか」

「噂ですけど、利息も高めで、取り立ても厳しいようです」

娘を売らせることもあるとか。

「宿内と外の者とは、対応が違うわけですね」

直次が言った。当然だとは、思っている。

「そこで儲けているのだろうよ」

「駕籠舁きも、蕨宿から離れたところだと、どのような客対応をするかは分かりませんね」

すべてが蕨宿発着とは限らない。

「次吉郎や参吉なる者が訪ねてきたという話は、聞かないか」

「それはありませんね」

さらに何人かに訊いたが、岩津屋と傳左衛門の評判は同じようなものだった。次吉郎や参吉という名を聞いたと告げる者はいなかった。

それから、客待ちをしている駕籠舁きに声をかけた。他の宿場の者もいるので、岩津屋の者だと確かめた上で問いかけた。

「その方らは、雲助のような阿漕《あこぎ》な真似はいたさぬのであろうな」

「当たり前でさあ。そんなことをしたら、親方に半殺しにされますからね」

親方というのは、傳左衛門のことだ。

「板橋宿から離れたところでもか」

「もちろんですぜ」

即答した。

「しかしな、上尾宿あたりでは、酒手をせがまれたという話を聞いたぞ」

恩間は出まかせを口にして、駕籠舁きを試していた。

「そりゃあ遠くまで行けば、多少は弾んでもらわねえと」

本音が出た。目についた何人かの駕籠舁きに聞いたが、次吉郎と参吉の名は出なかった。

「おれたちは、ここへ来て間がないので」

満足に答えられない者もいた。駕籠舁きは流れ者が少なくない。何年も岩津屋で続ける者は少なかった。また遠出している駕籠舁きも少なからずおり、すべての者には当たれない。

一年前に駕籠舁きをやめて、旅籠の下男をしている初老の者がいるというので、そこへ行った。

老いて髪は薄かったが、男の体つきはがっしりしていた。

「ああ、聞いたことがある名だぞ」

その元駕籠舁きは、次吉郎はずいぶん前に岩津屋の駕籠を担っていたと言った。とはいえ、半年にも満たない間だったとか。

「ふらっと来て、いつの間にかいなくなった。いなくなったわけなんて、知りませんよ」

「どこへ行ったか、分かるか」

「さあ。ろくに話もしなかったからねえ」

主人の傳左衛門とは、よく話をしていたらしい。どのような繋がりかはともかく、これで傳左衛門と次吉郎は、知り合いだったことがはっきりした。

「今は会っているのか」

「蕨宿で次吉郎の顔を見たことはありません。名も聞きませんね」

「このままでは、どうにもならねえな」

「そうですね。せめてこの二月くらいの間で、会っている形跡があれば探る手掛かりになるのでしょうが」

恩間の言葉に、直次が応じた。

「ならば、傳左衛門の動きを探ってみよう」

二

次吉郎が蕨宿へ訪ねて来なくても、どこかで会っているかもしれない。そこでもう一度、客待ちの駕籠舁きに尋ねた。

「傳左衛門は、どこで酒を飲むか知っているか」

「親方ならば、牡丹《ぼたん》で飲んでいますよ」

宿内の小料理屋だった。それでは意味がない。しかし若い者では、それ以上は分からなかった。

「でも親方は、宿の外へ出ることはよくあります」

　金貸し業として、宿場外の者とも会うことが多かった。また酒を飲んで帰ってくることもあった。

「どこで飲んでくるのか」

「さあ」

「飲んでくるときは、歩いて行くのか。駕籠を使うのか」

「駕籠ですね」

「決まった駕籠か」

「兄いたちの駕籠ですね。おれたち新入りのには乗らねえ」

　若い駕籠舁きは、苦笑いをした。兄貴分の駕籠舁きは何人かいたが、すべて出払っていた。

　三十歳前後の、無精髭の二人組が戻って来て、それが傳左衛門をよく乗せるというので問いかけをした。

「いろいろなところへ行きやすぜ」

　ぶっきら棒に答えた。宿場だけでなく、吉原《よしわら》にも行ったとか。宿場の旦那衆とだそうな。

「親分は、大籬《おおまがき》のいい見世《みせ》ですぜ。おれたちは銭を貰って、安い局《つぼね》見世へ行くんだ。それでも親分の銭で遊べるだけましだ」

けっけと卑し気に笑った。

恩間は、思い出したように聞いた。

「傳左衛門には、女房はいないのか」

そういえばまだ、その問いかけをしていなかった。

「親分には、おかみさんはいねえが」

囲っている妾《めかけ》がいて、宿場内で小料理屋を営ませていた。四歳の娘がいると知った。

「ものすごい別嬪《べっぴん》でよう」

と付け足した。

「それでも吉原へ行くのか」

「うらやましいよなあ」

駕籠舁き同士で笑い合った。

「この二月ほどで、一人で行った場所は」

男たちは遊びの話をしていたときはへらへら笑っていたが、不審に思ったらしかった。

「どうしてそんなことを、訊くんですかい」

睨みつけるような目になった。侍を、怖れてはいなかった。

「おれは、道中方の者だ」

恩間は年嵩《としかさ》の方の駕籠舁きを睨みつけた。すると相手も、睨み返した。体つきは、なかなか屈強そうに見える。

しかし貫禄《かんろく》が違った。

数呼吸したところで、男は「はあ」と息を吐いた。根負けしたように口を開いた。直次ならば、ひと暴れしなくてはならなかったかもしれない。ただここは蕨宿だから、それをやると後で面倒なことになりそうだ。

「ええと、白山権現《はくさんごんげん》と王子《おうじ》権現の近くへ行きやした」

「ほう」

それぞれの門前の料理屋へ入ったとか。

「誰かと会ったのだな」

「そうだと思いやすが、店の外で待っていたので相手は分かりません」

その店の屋号と、場所を訊いた。

まず行ったのは王子で、飛鳥山《あすかやま》に近い茶屋の並ぶ界隈にある料理屋だった。近くには音無川《おとなしがわ》の清流が流れていて、風光明媚《めいび》なところだ。桜の時季や虫聞きの時季は特に賑わう。

江戸から日帰りで楽しめる場所として、出向く者は多かった。

屋号を聞いていたので、店はすぐに分かった。

「岩津屋の旦那さんには、折々ご利用いただいています」

中年のおかみは言った。最近では、半月ほど前だとか。

「誰かと会ったわけだな」

「三十歳くらいの、職人の親方といった見た目の人でした」

それなりの身なりだったということになる。話を聞く限りでは、次吉郎だと受け取れた。名などは分からない。

「何を話していたか、耳に残っていることはないか」

「そういえば、板橋宿がどうとか」

わずかに迷うふうを見せてから、おかみは口にした。

他のことは分からない。吉原の、遊女の話もしていたとか。

料理屋を出たところで、直次は恩間と話をした。相手が次吉郎だと仮定してのことだ。

「追剝に関わる話も、したでしょうね」

吉原の話をするために会ったわけではないだろう。

「何とも言えぬな」

「岩津屋に、何か利がないといけませんね」

「そういうことだ」

今は見当もつかない。

酒肴《しゆこう》の代を払ったのは、岩津屋だった。昔馴染にしても、わざわざ駕籠で出て来て馳走《ちそう》をした。

傳左衛門は、相手がただ昔馴染というだけで、大事にする好人物とは考えられない。

次に小石川の白山権現の門前にある料理屋へ行った。白山権現は、加賀《かが》白山の白山神社を勧請《かんじよう》したもので小石川の鎮守とされた。江戸における白山信仰の中心社として栄えたものである。

この料理屋も、建物は古いが手入れの行き届いた垣根に囲まれて、それなりの店だと思われた。

「ええ。岩津屋の旦那さんは、たまにお見えになりますよ」

恩間の問いかけに、番頭は答えた。

「最近来たのはいつだ」

「ええと、ああ、二十一日の昼ですね」

日ごとに記された、来客の綴りを見てから答えた。追剝があって、直次が賊の一人五助を捕らえた翌日だ。

「相手は一人か」

「二人で、お見えになりました」

「その二人の名が、分かるか」

「いえ」

番頭は首を傾げた。年の頃は三十前後と、それよりも二、三歳くらい上かと見える者だったとか。

その日接待をした仲居がいるというので呼ばせた。二十代半ばの歳で、お多福で、器量は今一つだが気働きがきく者だそうな。客からの評判はよくて、傳左衛門も気に入っていたという。

「話の内容は分かりません。私が部屋へ行くと、話を止めました」

雰囲気としては、重い印象だったとか。

「面倒な話をしていたのか」

「そうかもしれません。お酒を飲んで、くつろいでいる様子ではありませんでした」

初めのうちは、料理に手を付けていなかった。それで気になった。

「二人の客の名は分かるか」

「そういえば年嵩の方を、何とかと呼びかけました」

「思い出してみろ」

恩間は迫った。

「留造《とめぞう》とか留吉とか」

「それならば留吉であろう」

「そうかもしれません」

仲居は頷いた。だとすると、もう一人は次吉郎だと考えてよかった。料理屋を出て話をした。

「五助を捕らえた翌日のことだ。それにまつわる話であろうな」

そう考えるしかないが、得心がいかない。

「岩津屋は、何のために次吉郎に関わっているのでしょうか」

その部分が、置き去りになっている。

そろそろ夕暮れどきになる。旅籠に泊り客がやって来る頃だ。また街道の見廻りも必要だ。

もう少し聞き込みをするという恩間を置いて、直次は急いで板橋宿へ戻った。

宿場の建物が夕日に染まる頃は、街道は泊りの旅人で賑わうものだった。それが今日は、道筋を歩く旅人が少なかった。

直次が松丸屋の近くまで行くと、喜兵衛とお久がぼんやりとして立っていた。

「泊りの旅人は、この先の宿に取られてしまったようだね」

喜兵衛は、ため息混じりに言った。今日は、まだ二人しか草鞋を脱いでいないのだとか。このままいったら、松丸屋は間違いなく潰れる。

「江戸から飯盛り女を目当てに来る客も、めっきり少なくなったそうだよ」

「宿場が寂れてゆくのは、いやだねえ」

喜兵衛の言葉に、お久が返した。もともと儲かっていなかった松丸屋だが、ますます客の入りが悪くなった。

この夜は、直次が見廻りに入ることになっていた。

建物の中に入ると、台所から甘いにおいがしてきていた。まだ夕餉《ゆうげ》の刻限ではない。

「味見をしてみてください」

お路が、蒸かしたての赤甘藷《あかかんしょ》を持ってきた。一本が、いくつかに切り分けられている。湯気が甘いにおいを伝えてきた。

「これはありがたい。おや」

蒸かした赤甘藷だけのにおいとは、微妙に違う。見ると黒い粒々がかかっていた。

「黒の煎《い》り胡麻《ごま》をかけてみました」

直次はほかほかの一つを受け取って、齧《かじ》り付いた。腹もだいぶ減っていた。ほくほくで、甘みが強い。

「胡麻がかけられただけで、ずいぶん味が変わりますね」

「ええ。やってみて、驚きました」

「胡麻の油が、芋に染み込むからでしょうか」

なかなかの味だった。

「今夜の見廻りの方たちに食べてもらおうと思ったんです」

「なるほど、喜びますよ」

「評判が良かったら、旅籠の軒下で売ろうと思います」

商いの足しにしようという考えだ。何かしたいという気持ちが、伝わってくる。

「それはいい」

煎り胡麻のかかった蒸かし芋を大皿に盛って、直次はお路と板橋の袂まで運んだ。

「これはありがてえ」

「胡麻がかかっているな。これまでにはない味だ。嚙《か》んだときの、胡麻の油のせいか」

「違いねえ。香りもあるぞ」

たちまち一つを平らげ、二つ目に手を出した。

「お路さんが蒸かしたものだから、味は格別だぜ」

集まった者たちは喜んだ。

「熱いから、火傷《やけど》をしないようにね」

お路が声をかけている。

「心遣いが嬉しいじゃないか」

定之助が、ことさらといった口調で言った。

見廻りには恩間が加わったが、追剝は出なかった。定之助は最後まで、直次には目を向けなかった。

三

定之助は、直次に不審があることを恩間に伝えたが、聞き流された。

「せっかく耳にしたことを伝えたのに、ふざけやがって」

何度も胸の内で呟いた。

昨日は、恩間と直次が、どこかへ出かけて行った。お路にも、直次を追い出すように勧めたが、話に乗らなかった。金子についても、力になると告げていた。それなのにお路は乗ってこない。

前は、もう少し違う反応だった。金子の援助も、ありがたいという気持ちが感じられたが、今はそれが影を潜めていた。

面白くない。家業の提灯屋は、追剝騒ぎで今でこそ売れ行きは鈍ったが、繁盛していた。携帯用の提灯は、旅には欠かせない。

だから金には、ゆとりがあった。

「こうなったのは、あいつが姿を見せてからではないか」

と考えた。そこで定之助は、今日は、直次がここへ来る前の出来事について、当たってみることにした。早朝の見廻りの後のことだ。

宿場に現われたときの腕の傷は、刃物傷だったと午拾から聞いている。

「刃物を向け合うような、喧嘩騒ぎをしてきたのは間違いない」

それを探って、大っぴらにしてやろうという腹である。何が出てくるかは分からないが、公になれば、恩間も今度こそは動かざるを得なくなる。

深手だったというから、そう遠くから逃げてきたとも思えない。ともあれ定之助は、宿場を出た。

定之助は、まず近場の巣鴨町へ行った。板橋宿へ至る中仙道の途中の町だ。目立つのは武家屋敷だが、町屋もあった。

「四月の初めに、刃物を抜き合うような騒ぎはなかったねえ」

七人の町の者に訊いてそう返され、次は駒込《こまごめ》界隈の町で聞いた。

反応がないので、さらに小石川界隈の町へ出た。そこで初めて、期待していた言葉が出てきた。

「そういえば今月の初め頃、小日向の方で騒ぎがあったと聞いた気がするが」

荒物屋の親仁だ。

早速行ってみた。ここも寺と武家屋敷に囲まれた町だ。

「ありましたよ。そうそう、四月一日の夜でしたね」

最初に問いかけた青物屋の女房が口にした。店にはたらの芽や空豆、ぜんまいや独活《うど》などが並んでいた。

「小日向茗荷谷町の空寺にあった賭場に、捕り方が入ったんだよ」

「御法度ですからねえ」

どこかで聞いた話だ。定之助は、軽い気持ちで聞いていた。

「でも逃げないで、歯向かった若い衆がいたらしい」

詳しい事情は知らない。噂話を聞いただけだそうな。

「それでどうなりましたか」

「捕り方が大怪我をしたらしい」

「刺した方は」

「これも怪我したって聞いたけど、逃げたんだって」

どきりとした。その若い衆が、直次ではないかと察したからだ。

青物屋の女房は、賭場になっていた空寺の場所は知っていたので、それを訊いて行ってみた。確かに、無住の寺があった。

定之助も、知り合いに連れられて二度ほど賭場というものへ足を踏み入れたことがあった。幸か不幸か、儲けられなかったので、以後足を踏み入れることはなかった。

周辺の人家で尋ねて、賭場が、小石川伝通院門前白壁町の地回り熊切屋猪三郎のものだと分かった。表稼業は口入屋だとか。

白壁町へ行った。

伝通院へは、何度か来たことがあった。初めての町ではない。

口入屋熊切屋はすぐに分かった。店の前では、荒んだ気配の破落戸ふうが、数人たむろしていた。

定之助には近寄りがたい雰囲気だった。仕方なく、近所の小間物屋で店番をしていた婆さんに声をかけた。

「ああ。賭場検めがあって、逃げればいいのに歯向かって、面倒なことになった若い衆がいたというのは聞いたよ」

名までは分からない。こうなると、破落戸ふうに尋ねるしかなかった。破落戸ふうが一人になったところで、恐る恐る声をかけた。

「おめえ、何でそんなことを知りてえんだ」

凄《すご》まれた。怖れが体を覆っているが、足を踏ん張って堪《こら》えた。

「お上に刃を向けるなんて、酷いやつだと思いまして」

言いながら、体が震えているのが分かった。

「そいつの名を、教えてやってもいいぜ」

思いがけなく、相手が言った。

「ほ、本当ですか」

「ああ。ただこれ次第だが」

指で丸を拵えた。そうくるだろうとは思った。定之助は財布から小銭を取り出して、与えようとした。

「舐めるんじゃねえ」

頬を平手で張られた。いきなりで、体がぐらついた。小銭が地べたに転がった。

そして手にあった財布を取り上げられた。男は中身をすべて奪い取ると空の財布を、定之助の懐にねじ込んだ。

「直次っていう野郎さ」

「も、もう、戻っては、来ていませんね」

「ああ。どこかに姿を晦《くら》ましちまいやがった」

男は言い残すと、去っていった。

「そういうことだったのか」

財布には合わせて銀三十匁《もんめ》（一両の約半分）ほどが入っていた。しかし名を聞いて、定之助は惜しいとは思わなかった。

笑いが込み上げた。張られた頬がずきんと痛んだが、すぐには笑いが止まらない。

四

同じ日、朝の見廻りの後、直次は一人で滝野川村へ向かった。恩間は、蕨宿の岩津屋と次吉郎の関係を探る。

直次が滝野川村を探るのは、次吉郎が十条村で暮らしていた折の暮らしぶりで耳にしたことが頭に残っていたからだ。遊び仲間を引き連れて、滝野川村の悪餓鬼たちと喧嘩をしていた話である。

子どもの頃の喧嘩相手は、後に友人関係になることが少なくない。次吉郎の過去を調べることで、今を探ろうという考えだ。

滝野川村も、田植え前の田圃が広がっている。代掻きをしていた百姓に問いかけた。田圃に水を張るのは、この後だ。

「どこの村でも悪餓鬼は、他の村や宿場の子どもたちと喧嘩をしていたもんさ」

手を止めた百姓は言った。四十前後の歳だ。相撲《すもう》などして仲良く遊んだ者もいると言い足した。

「今では三十くらいの歳になる、十条村からやって来た悪餓鬼を覚えていませんか」

「いたような気がするけどねえ」

ぼんやりと覚えている程度だ。十歳も違えば、記憶はないだろう。

悪餓鬼はいつの時代にもいて、いつかは村の若者に成長する。

「村を出て、江戸の破落戸になった」

という話も聞くが、それは次吉郎ではない。

「ああ。次吉郎を覚えているよ」

という者がいた。同じくらいの歳の者で、喧嘩をしたことがあるとか。

「そうですか」

いつかは、出会えると思っていた。

「あいつは、喧嘩上手だったねえ。二、三人では、相手にならなかった。殴られて、泣き出しちまうやつもいたからね」

と笑った。

しかし十条村を去った後のことは分からない。以後会ったこともないと言った。次吉郎のことを知っている者を聞いて、一人一人当たった。喧嘩をしたことがある者ならば、顔と名は覚えていた。

その中に次吉郎の姿を、最近見たと告げる者がいた。

「どこでですか」

飛鳥山下の茶屋の並ぶあたりだという。飛鳥山の南西あたりも滝野川村になる。

「子分のようなのを一人連れていたっけ」

話はしなかった。荒んだ気配があって、近寄りがたかったとか。違うかもしれないという気持ちもあった。

飛鳥山下の料理屋へは、岩津屋と次吉郎が行っている気配があった。確認はできていない。

飛鳥山付近にも、子どもの頃に次吉郎と喧嘩をした者がいると聞いて、直次はそこを訪ねることにした。次吉郎と同じくらいの歳とおぼしい小作の百姓で正助《しょうすけ》という者だった。

作業をする田圃を聞いて、そこへ行った。次吉郎の名を挙げると驚き、わずかに怯えたような顔をした。

「次吉郎は知っているよ。でも今どうしているかは分からねえなあ」

と答えたが、目が泳いでいた。何か隠し事をしていると感じた。

「そうですかい」

直次はとりあえず、それで引き下がった。そして近くの百姓家へ行った。今訪ねた百姓について問いかけたのである。

「正助さんのところは、ずいぶん暮らしも厳しいようですよ」

借金があるらしいという話だ。

「そりゃあたいへんですね。金を借りていたら、いつかは返さなくてはならないわけですから」

「ああ。でも、返済ができるようになったとか話していたが」

「都合のいい、何かがあったのでしょうね」

直次は正助が、次吉郎と関わりがあると確信した。また一歩近づいた気持ちだ。

「まあ、そうだろうが」

破落戸ふうとの付き合いはないかと尋ねたが、それはないと返された。ともあれ直次は、喧嘩相手だったという正助を見張ることにした。

自分が次吉郎について問いかけをした。正助の顔に驚きと怯えが浮かんだのは、捜しに来る者がいるなど、予想もしなかったからに違いない。

次吉郎から銭を受け取っているならば、正助はその報告をするだろう。離れたところから様子を見た。すると案の定、正助は農具をそのままにして畦道に出た。

直次は間を空けて、つけてゆく。小高い丘があって、雑木林になっていた。その外れに、何に使われているのか分からない古い小屋があった。

正助は周囲に目をやってから、そこへ入った。長くはいなかった。しばらくして出てくると、作業をしていた田圃に戻った。

次吉郎について、問いかける者があったことを伝えに行ったのだろう。

直次は小屋近くに戻って、近所の百姓の女房に訊いた。

「ええ。あの小屋は、もともとは正助さんが使っていました」

地主から借りていたが、今は使っていない。

「それがいきなり、ちょっと怖い人が住み着くようになりました」

まだ数日のことらしい。近所の住人に乱暴なことをするわけではないが、気味が悪いと言い足した。

「正助さんが使わせているわけですね」

「たぶん」

その対価を得て、借金を返す腹なのだろう。

「賭場にでも使われているのでしょうか」

「さあ、何をしているのか」

十人くらいの出入りがあるとか。暴れられても困るので、見て見ぬふりをしている。早く出て行ってほしいと、願っているだけだった。

そこで直次は、物陰から様子を探った。

「おっ」

半刻ほどして、二人の男が畦道を歩いて来るのが見えた。荒んだ気配はあるが、身なりはどちらも垢ぬけて見えた。三十歳をやや過ぎたあたりか。やや若い方が、威張っている印象だ。

「次吉郎と留吉ではないか」

直次は呟いた。腹の奥が、一気に熱くなった。確かめたかったが、仲間は十人くらいはいるはずだった。

一人で近寄るのは危ない。身には寸鉄も帯びていなかった。

熊切屋にいたときから、一人で無茶はしないと決めていた。賭場検めのときは、追いつめられていた。あのときは逆上していたと思う。

まずは恩間に知らせることにした。畦道を走って行く。すると破落戸ふうとすれ違った。

小屋へ向かおうとしていると思われた。男は振り向いたが、何かを言ってくるわけではなかった。次吉郎の仲間だと思った。人が集まっている気配だ。

「今夜あたり、また追剝をするかもしれない」

直次は走りながら呟いた。

五

直次は興奮を抑えながら、板橋宿へ戻った。恩間はまだ戻ってきていない。誰かに話したかったが、問屋場には定之助がいて貫目改所の書役と話をしていた。

そこで松丸屋へ行って、お路を呼び出した。滝野川村での一部始終を伝えた。

「一人で動かなくてよかった」

話を聞き終えたお路は言った。

「いくら直次さんでも、悪党十人を相手にするのは、無茶というものだから」

と続けた。賊の隠れ家を突き止めたことには感嘆の声をあげたが、それよりも直次の身を案じてくれていた。

「とりあえずは、年寄役の藤右衛門さんに伝えます。恩間様が現われるまでに、人を集めるなどしなくてはなりません」

問屋場で定之助の姿を目にしたので、慌ててしまった。落ち着くと、するべきことが見えてきた。

「そうですね。恩間様や宿場の方たちと力を合わせれば、きっとやつらを取り押さえることができます」

と告げられて、直次は必ずやり遂げなくてはと思った。

するとお路は、少しの間何か考えるような表情をしてから言った。

「そうなったら、直次さんはここを出て行くのですね」

口にしてから、はっとした顔になった。

「…………」

お路の言うとおりで、直次もどきりとした。

「直次さんには、ずっとここにいてもらえたら嬉しいのだけど」

「それは」

答える言葉が浮かばなかった。

「でも、直次さんには直次さんの暮らしがありますね」

自分に言い聞かせるような口調だった。

「いや」

直次は慌てた。何か言わなければならないと思ったが、適当な言葉が浮かばなかった。

「ごめんなさい。余計なことを言ってしまって」

お路は、行ってしまった。

それから少しして、定之助が顔を見せた。厳しい表情で、何か言いたいことがあって訪ねて来たのだとすぐに分かった。

こちらにとっては、愉快な話ではないだろう。

「付き合ってもらおう」

と告げられて、裏通りにある聳《そび》え立つ欅《けやき》の根方へ行った。木漏れ日が、地べたをちらちら動いていた。人気《ひとけ》のない場所だ。

「今日は、小日向茗荷谷町の空寺を見てきた」

前置きなしで、定之助は言った。

「ほう」

それで、何を言おうとしているのかの見当がついた。直次の来し方を調べ上げたのだと察した。なかなかの執念だ。

「あんたも、たいした玉じゃあないか」

冷ややかな眼差しだ。

「何を言いたいんですかい」

怯《ひる》みはしない。なるようになれ、という気持ちで見返した。

「私はこのことを、恩間様に話してもいいんだ」

「なるほど」

「しかしあんたのこれからのことも、いろいろ思っていてね」

恩着せがましい言い方だが、結局は脅しを入れてきていた。言われたら困るだろうと告げている。

「それで、どうしたいんですかい」

脅しには乗るつもりはない。ただ胸に、収まりのつかないものはあった。この宿場から、追われるように逃げることへの心残りだ。

それは松丸屋とお路への思いでもあった。追剝の件をそのままにしては、世話になった恩を返せない。

「宿場から、黙って出ていってもらおうじゃないか。それならば、分かったことを、すべて呑み込んでもいい」

「腹に毒なものを呑み込むと、やわな腹は、壊しますぜ」

出方次第では、今すぐ宿場を出てもいいと考えているが、まずはそう返した。こいつの指図は受けない、という気持ちだ。

今日調べた詳細は、すでにお路に伝えている。お路は恩間に伝えるだろう。

「何だと」

定之助の目尻が上がった。かまわず直次は言った。

「追剝のことではなく、こっちのいろいろを調べたわけだな。ずいぶん暇じゃあねえか。そんなにおれが、気になったのか」

宿場を出る覚悟が決まれば、怖さは消える。直次は睨み返した。おまえなどに、負けるものかという心意気だ。

定之助は、微かに怯んだ気配を窺わせた。何かを言おうとしたところで、人の影が寄ってきた。

顔を向けると、恩間だった。

「二人とも、ずいぶん深刻な顔だな」

緩い口調で言ってきた。

「恩間様、申し上げたいことがあります」

定之助が、真っ先に口を出した。

「そうかい。それじゃあ、後で聞こう」

きっぱりと言った。それで定之助の顔が歪んだ。かまわず恩間は、直次に目を向けた。

「今日の調べはどうだったか、それを聞かせてもらおうじゃねえか」

と告げてきた。直次には急ぎ伝えたいことがあり、それを感じとった気配だった。

まだ明るい。何事もなければ、この刻限に宿場に戻って来るわけがなかった。

六

「次吉郎一味の隠れ家についてです」

直次は恩間の耳元で囁《ささや》いた。定之助に勝手な真似をされてはかなわないから、離れたところへ身を移した。そして滝野川村の隠れ家について、捜し出すに至った経緯も含めて伝えた。

「隠れ家に現われた二人は、次吉郎と留吉だと思われます」

次吉郎と留吉の顔は知らないので、確認はできない。それについても触れた。

「ともあれ、様子を見に行こう」

その前に恩間は、宿場の年寄役藤右衛門に事情を伝え、口の堅い屈強な若い衆十人を集め待機させるように命じた。各戸から割り当てて人を出すのではない。追剝たちと、得物を手にして戦える者だ。

松明や龕灯の用意もさせる。

それから直次は、恩間と二人で滝野川村へ向かった。定之助には、後をつけさせないように気を付けた。直次は長脇差を喜兵衛から借りた。

「あれだな」

恩間は、滝野川村のぽつんと建つ一棟の小屋に目を向けて言った。二人は離れた、農家の納屋の陰に立っていた。

しばらく見ていると、無宿者ふうの男数人の出入りがあった。

「隠れ家なのは、間違いないな」

「襲って一気に捕らえるという手がありますが、昼間に近づくと目につきます」

次吉郎がいなければ、意味がない。

「夜の寝込みを襲いたいところだが」

「追剝に出ていれば、いません」

「うむ。ともあれ藤右衛門が集めた者たちを、近くの農家に潜ませよう」

直次は一人残って、小屋の様子を見張る。


「馬鹿にしやがって」

定之助は、立ち去ってゆく恩間と直次の後ろ姿を見詰めていた。こちらの話には、耳を貸そうともしなかった。そして直次の報告を受けて、何か始めようとしている。振り向きもしない。

それが何よりも腹立たしかった。

「勝手な真似なぞ、させるものか。あいつらは、余所者ではないか」

と呟いた。おれは代々、板橋宿で暮らしてきた者だ。

二人をつける。前も直次をつけたから、警戒をしているに違いない。見失ってしまうのではないかと思うくらい間を空けた。

角を曲がったときには、全力で走った。

直次は喜兵衛の長脇差を持ち出している。何かあるのは明らかだ。動きを見定めた後は、先回りをしてやる。

二人は問屋場の年寄役藤右衛門のもとを訪ねた。

何か話をして出かけた。つけようとしたが、馬子の一人に声をかけられた。

「定之助さん、今日も暑いねえ」

馬体で前を塞ぐような立ち方だった。

「そうだな」

馬子の相手などしていられない。避けて進もうとすると、馬も前に出て邪魔になった。

「す、すまねえ」

わざとらしく言われた。それから馬をどかせたが、恩間と直次の姿はもう見当たらなくなっていた。

「やられたな」

馬子の動きは、恩間か直次の差し金だと察せられた。そこで藤右衛門を見張ることにした。

藤右衛門は人足や馬子の頭に声をかけた。すると屈強そうな若い衆十人が集められたのである。皆、得物を手にしていた。

「これは」

悔しいが、直次のやつは次吉郎らの隠れ家を捜し当てたのではないかと考えた。ますます、放ってはおけない。

定之助は家へ駆け戻ると、長脇差を取って来た。

「直次のやつに、手柄の独り占めなどさせない」

という決意だ。また手柄を立てれば、宿場の者たちは直次を受け入れてしまう。

一行の後をつけて歩いた。滝野川村へ入った。ぞくっとして、身震いをした。

一人になった直次は、小屋の様子を窺っていた。日が徐々に西の空に傾いて行く。風が出てきた。

次吉郎と留吉らしい二人が中に入ったが、見ている限りでは出て来ることはなかった。

「おや」

一刻ほど前に出て行った二人の無宿者ふうが、戻って来た。一人は一斗の酒樽を荷《にな》い、もう一人は、岡持ちのようなものを手に提げていた。

「やつら今夜は飲むのか」

直次は呟くと、じわりと汗が湧いた掌《てのひら》を握りしめた。集まったのは、追剝をするためではないらしい。

これならば押込める。酔わせた後の方が、都合がいいという判断だ。

今夜で決着がつくと思うと、少しだけ寂しい気がした。まだ熊切屋でのことも、気持ちのどこかで燻《くすぶ》っているが、それは大きくはない。脳裏にお路の顔が浮かんでいる。

頭を振って、直次は小屋を睨みつけた。

恩間が姿を見せた。

「人数は揃えたぞ」

と頷いた。直次は、目にしたことを伝えた。

「よし。今夜、捕らえよう」

暗くなったら、人を小屋の周辺に散らばせる。

「下っ端はどうでもいいが、次吉郎と留吉、梅八の三人は始末をしなくてはなるまい」

「できれば次吉郎は、生け捕りにしたいですね」

直次は返した。蕨宿の岩津屋傳左衛門と繋がりがあるらしい。

「そうだな。次吉郎は板橋宿を目の敵にしている気配だが、それに岩津屋が絡むのか、明らかにしたいところだ」

これがはっきりしなければ、本当の解決にはならない。

やがて小屋の周りを薄闇が覆った。人が出て行く気配はない。

恩間は待機させていた若い衆らを、小屋を囲むような位置に移動させた。暮れ六つの鐘が鳴ったら、一斉に襲いかかる。

定之助は、若い衆ら十人の動きを見ていた。力自慢腕自慢の者たちだが、それでも目や顔に緊張があった。それで小屋に次吉郎らが潜んでいるのだと確信した。

薄闇が小屋を覆った。烏《からす》が近くで鳴いている。

そろそろ暮れ六つの鐘が鳴る。押込むのは、その後だなと考えた。

「もう、遅れは取れない。直次のやつを、出し抜いてやる」

恩間が指図をするだろうが、定之助はその前に小屋に近づこうと考えた。

闇に紛れていれば、気づかれないだろう。腰に差した長脇差を、汗ばんだ手で握りしめた。

恩間の指図と共に、声を上げる。近くで上がる声を耳にすれば、賊たちは動揺をするだろう。混乱する中で、一番に押込むのだ。

危険もあるが、うまくいけば大手柄となる。

足音を忍ばせて、壁近くまでやって来た。見張りの者がいないか、注意深く建物の周辺に目をやった。

見張りをする若い衆は、外にはいない。壁に張り付いた。

話し声が聞こえた。酒を飲んでいる気配で、機嫌がよさそうだ。

「次吉郎さん」

と呼ぶ声がかろうじて聞こえた。もっと近づいて、しっかり聞かなくてはいけない。

前に踏み出したとき、枯れ枝を踏んでしまった。暗いので足元が見えない。小屋の中のことも気になっていて、足元まで気が回らなかった。

「あっ」

と声を漏らしてしまって、中の者に気づかれたらしかった。中から、話し声が聞こえなくなった。

「何だ」

すぐに中から男たちが出てきた。手に明かりを持っている。

こうなっては、どうにもならない。定之助はこの場から離れようとした。けれどもその前を、黒い影に塞がれた。

「捕り方か」

「生かしちゃおけねえ」

口々に言いながら、周りを取り囲んだ。男たちは、手に手に匕首や長脇差を握っている。

「このやろ」

一人が長脇差を抜いた。こうなると、定之助も抜かないわけにはいかなくなった。

「誰かが近づいていきます」

「何だと、指図も待たずにか」

直次の言葉に、恩間がいら立ちの声を上げた。

見ていると、小屋から人が出てきた。何か言っている。

「気づかれたようだ」

恩間が言った。微かな明かりがあって、誰かが取り囲まれているのが分かった。その顔が見えた。

「定之助です」

言い終わらないうちに、直次は駆け出していた。相手は大勢だ。放っておけば、殺されてしまう。

「行けっ」

恩間が、呼応したように叫んだ。足音が、暗がりの中で響いた。折しも、暮れ六つの鐘が響いてきた。

定之助の相手をしているのは一人だった。周りの者は面白がって見ている模様だ。

相手が一人でも、定之助はいいようにあしらわれているように見えた。今は何とか応戦しているが、明らかに相手の方が腕は上で追い詰められている。

拳が、定之助の頬と腹に炸裂《さくれつ》した。定之助の体が、大きく揺らいだ。次の一撃があったら、もう躱せないだろう。

乱れた足音が響いた。そこで小屋の男たちは、こちらの襲撃に気づいたらしかった。定之助とその相手以外のすべての者が、小屋を背にして身構えた。

定之助のせいで、奇襲にはならなかった。

直次が小屋の傍まで駆け寄ったとき、定之助は斬り殺される寸前だった。体がふらついていて、もう躱す力は残っていない様子だった。

直次は、突き出された長脇差を撥《は》ね上げた。そして定之助を闇に突き飛ばし、相手と向かい合った。

宿場の若い衆が駆け寄ってきた。怒声が飛び交っている。

長脇差の一撃が、直次の心の臓を目がけて飛んできた。ぶれない切っ先の動きだった。

直次は斜め前に踏み出しながら、突き出された刀身を払った。そのまま切っ先を突き出して、肘を狙おうとした。

　しかしそれは、空を突いただけだった。

　横に跳んだ相手が、こちらの肩へ刀身を叩きつけようとしていた。その動きは大きかったので、直次にはよく見えた。

　内懐に飛び込んで、腹を突こうとした。ここでは躊躇いはない。やらなければ、こちらが殺されると思った。

　捨て身の動きだったからか、相手はそれを嫌がった。斜め後ろへ下がった。それで直次は、刀身を横に払った。

　向ける角度を変えて、相手の二の腕を狙っていた。

「うわっ」

　声が上がった。こちらの切っ先は、肉を裁つ感触を伝えてきた。相手の右の二の腕から、血が噴き出していた。

　長脇差を落とした相手は、前のめりに倒れた。倒れたまま腕をおさえて呻いている。

　そのときだ、あたりが急に眩しくなった。

　小屋がいきなり、音を立てて燃え始めたのである。

「おおおっ」

声を上げた者がいた。乱闘どころではない。風の向きのせいで、炎がこちらに向かってきた。

「逃げろ」

そんな声が響いている。賊の誰かが、小屋に火を放ったのだと分かった。

ばらばらと、足音が遠ざかって行く。直次は、今しがた倒した男の襟首を取って引《ひ》き摺《ず》り、炎の当たらないところまで下がった。

消そうにも、近くに水はない。

「逃がすな」

という声が聞こえた。闇の中で、小屋を包む炎があたりを明るくしている。だがそのときには、無宿者たちの姿は闇の中に消えてしまっていた。

第五章　宿場の住人

一

小屋の炎が小さくなった頃、逃げた者たちを追った直次や恩間、そして若い衆が戻って来た。逃げた者のうち、捕まえることができた賊はいなかった。

野中の一軒家だから、類焼はなかった。ただ仰天した村の者たちが駆け寄ってきた。

「ここに追剝の賊が、潜んでおったのだ」

恩間が事情を説明した。

倒れている無宿者を捜した。斬り捨てた者を含めて三人いた。その内の一人は、直次が二の腕を斬った者だった。

深手とはいえ、二の腕だけだったので、命に別状はなかった。止血をして、応急手当てだけはした。

他の一人は恩間が斬り捨てていて、命はなかった。

「初めて人を斬ったぜ」

恩間は呻くように言った。聞こえたのは、傍にいた直次だけだろう。

真剣での勝負は、道場での稽古とは違う。さらに何か言おうとしたようだが、続かなかった。

気持ちの揺れを、抑えたらしかった。

倒れていたもう一人は、若い衆が腕と足を突棒で叩きつけただけで生きていた。

賊のうち二人を生け捕りにすることができた。直次と戦った相手は、歳の頃は二十前後で、身なりは他と比べてよかった。

「これは梅八ではないか」

生きていた、もう一人に問いかけた。身なりの粗末な方だ。足の骨が折れているらしく痛みで顔を歪めていたが、恩間は容赦をしなかった。

さっさと答えれば、それだけ早く手当てをしてやると伝えていた。

「そ、そうだ」

無宿者は、隠し立てをしなかった。しょせん銭で繋がった者同士ということか。梅八や他の者には、何の思いもないらしかった。

「次吉郎と留吉も、ここにいたのだな」

「いた。皆で、酒を飲み始めたところだった」

悔しいが、二人には逃げられた。次吉郎を含めて、小屋にいたのは十人だったという。男は房州無宿で、ほんの数日前に仲間に加わったと話した。

「食えねえでいたところを、声掛けされたんだ」

声をかけてきたのは、留吉だったそうだ。仲間になってからやった追剝には、加わっていた。

「ならば、死人が出たときの追剝には、加わっていたのだな」

「いたが、おれは傍にいただけだった。あんなふうになるとは思わなかった」

「旅人を刺したのは誰だ」

「分からねえ。その場は見ていなかった」

「では倒れた旅人の懐から、金子を奪ったのは誰だ」

「それは梅八だった」

ここまで聞いたところで、恩間は梅八に問いかけた。

「おまえは、次吉郎や留吉と謀《はか》って、追剝を指図したわけだな」

「ふん」

梅八は不貞腐れただけだった。

恩間は、村の者に塩を持ってこさせた。そして二の腕の傷口に、それを擦りつけた。

「うわあっ」

梅八は絶叫した。

「喋らねえと、何度でもやるぞ」

恩間の言葉で、梅八は観念したらしかった。

「次吉郎と留吉は、中仙道や日光街道といったところで、旅人を襲って路銀を始めとした金子を奪っていたんだ。二年くらい前に、おれも加わった」

「これと決まった場所では、なかったのだな」

「二、三度やったら、他の場所へ移った」

「なぜ今回は、板橋宿周辺ばかりを狙ったのか」

「知らねえ。やれと言われたから、ついていっただけだ」

「また塩を、塗られたいのか」

恩間は、梅八の言葉を真に受けない。

「本当だ。襲う場所を決めたのは、次吉郎と留吉だった。おれは盛り場にいる無宿者たちに声をかけたり、連れてきたやつらに指図をしたりしただけだ」

「では板橋宿周辺を狙ったわけを、何も知らないというのだな」

恩間は、新たな塩を握りしめた。梅八は慌てて言った。

「板橋宿周辺を狙ったのは、次吉郎が、あの近くの生まれだからだ」

「それだけではないだろう」

傷のある方の腕を摑んだ。

「じ、次吉郎は、誰かに頼まれたんだ」

「それは誰か」

「古い、馴染みじゃあねえか」

次吉郎は、留吉を連れてその男に会ったが、自分は会っていないと梅八は告げた。

「では、岩津屋傳左衛門という名を聞かないか」

「聞いたことはある。次吉郎とは昔馴染で、あそこで駕籠舁きをしたというからな」

「では、板橋宿周辺を襲わせたのは、岩津屋の差し金か」

「そうかもしれないが、そうでないかもしれない」

はっきりはしない、という話だった。

勝手な真似をした定之助だが、腕や肩、背中に切り傷があった。深手には見えないが、出血も多かった。立っていることができない様子だった。

「馬鹿野郎。余計なことをしやがって」

恩問が怒鳴りつけた。こちらの企みが崩れて、何人も逃がしてしまった。宿場の者では、浅手とはいえ怪我をした者が数名出た。

斬り捨てた者も含めて、梅八ら三人と定之助を戸板に乗せて、板橋宿へ戻った。定之助以外は、問屋場の鍵のかかる倉庫に入れた。

死体は宿役人が確認の上、明日にも投げ込み寺へ移す。身元の知れない旅人が亡くなった場合と同じ扱いだ。

手が空いていた午拾を呼んで、怪我人の手当てを任せることにした。

「ああ、面倒を見てやるぜ。馬も定之助も、同じように可愛いからな」

酒臭い息を吐きながら言った。午拾は、晩酌を始めたところだったようだ。

戻ったと知ったお路が、問屋場まで駆けつけてきた。事情を知っていたので、案じていたのである。

「無事で何より」

直次の顔を見て言った。安堵の笑みを浮かべている。それから、午拾の手伝いをした。

「おめえが危ないところを、直次が助けたっていうじゃねえか」

午拾が、手当てをしながら定之助に言った。これは、滝野川村へ行った若い衆から聞いたらしかった。

「何を言うか。危なくなんてなかった」

「偉そうな口ぶりだな」

午拾が、傷口に消毒の焼酎を吹きかけた。

「ひいっ」

定之助は、悲鳴を上げた。

「恩義があるのではないか」

手当てを続けながら、午拾は言った。

「そんなこと、あるものか。あいつはとんでもない食わせ者だ」

「どんなやつだというのか」

「あ、あいつは板橋宿へ来る前に、小日向茗荷谷町で、とんでもないことをしてきやがったんだ」

よほどの痛みなのだろう。定之助は顔を歪めながら、しかし目にだけは剝《む》き出しの怒りをこめて言っていた。直次だけでなく、お路や恩間もいるところでだ。

「何があった」

「賭場検めがあった」

「御法度だからな。そりゃあ怪しいとなれば、どこでもやるだろうよ」

午拾は返した。

「その賭場には、直次もいたんだ」

定之助は、ちらと恩間に目をやった。

「それくらいならば、そこいらへんの旦那衆は、ずいぶん行っているぞ。おまえだって、足を踏み入れたことはあるだろう」

「そうじゃあない、あいつは客としていたんじゃあなかった」

「それでどうした」

「捕り方に歯向かって、相手を傷つけたんだ」

ここまで口にしたところで、午拾はまた焼酎を傷口に吹きかけた。

「ううっ」

定之助は、今度は呻いた。

「それ以上言ったら、おまえは人でなしになるぞ」

午拾が怒鳴りつけた。

「こいつは、おまえの命の恩人だ。それを罪人にしようというのか」

「な、何だろうと、本当のことだ」

痛みを堪えながら、定之助は言っている。するとお路が、声を上げた。

「たとえ本当だって、定之助さん。あんた命の恩人を、そんなふうに言うのか。言えるのか」

強い口調だった。そして続けた。

「それをしたら、あんた恩知らずになるよ。それでいいのかい。そんな恩知らずだと、宿場にいられなくなるのは、あんたの方だよ」

決めつけられた定之助は、驚愕《きようがく》の目をお路に向けた。お路の激しさには、直次も驚いた。

「よく聞こえなかったが定之助、おめえ何か言ったのか。話があるならば、聞くぜ」

恩間が問いかけた。

「い、いえ」

定之助は、返答ができなかった。

二

直次は恩間と共に、捕らえた梅八と無宿者に改めて詳しく問い質しをした。午拾が手当てをした後のことだ。

「あいつらが逃げた後で、もう一度集まりそうな場所はどこか」

今度は直次が問いかけをした。

「さあ、分からねえが」

下っ端は首を振ったが、梅八は応じた。

「次吉郎は、金井窪村《かないくぼむら》あたりに次の隠れ家を探していた」

「その打ち合わせをしたのだな」

「したんだが、もうそこへは行かねえだろう。おれが捕まったのは、分かっているだろうから」

それはそうだと思われた。その先のことは、梅八にも分からない。

「では、次に狙うのはいつだ」

「そんなことは、決めちゃあいなかった」

「では、どうやって決めたのか」

「蕨宿に仲間がいて、金を持っていそうなやつを伝えてきた」

「仲間が、潜んでいるわけか」

「そうだ」

それを操ったのは、次吉郎だった。次吉郎は、蕨宿へ度々足を運んでいた。蕨宿では、岩津屋と会っている気配はなかった。

「仲間とは誰で、どこにいるんだ」

「潜んでいる場所は分からねえ。次吉郎はいつも、おれや留吉に任せろと言っていた」

これまで、それでしくじったことはなかった。

「でも、明日か明後日には何かあるのかもしれねえ」

と口にしたのは、無宿者の方だった。

「なぜそう思うのか」

「酒が出た」

酒が出た翌日か翌々日には、追剝をする。

「その後で分け前を得られるから、逃げ出す者はいねえんだ」

梅八は、否定をしなかった。

「無宿者は捨て鉢だから、怖いものはないわけか」

「そうだ。食ってゆくためだから。追剝が悪いなんざ、誰も思っちゃいねえ」

これを聞いて、直次も昔の自分を思い出した。熊切屋に拾われたが、留吉のようなやつに声をかけられていたら、そちらの仲間に入っていたかもしれない。

「紙一重だ」

直次は呟いた。


翌日、直次は、松丸屋での朝の用事を済ました後で、蕨宿へ向かった。雲一つない上天気で、陽だまりを歩くと汗が出た。恩間は昨日の後始末があるので、今日は直次が一人だけだった。

昨夜家へ戻った定之助だが、直次には目も向けなかった。命の恩人に、礼の言葉はない。感謝をしている気配はなかった。

けれどもそれは、直次にはどうでもよかった。救助が間に合わなければ死んでいた。それならばそれでよかった。間に合ったから、助けただけだ。


戸田の渡を経て、直次は蕨宿へ入った。蕨宿へ入ったのは、昨夜捕らえた梅八が、そこに仲間がいると漏らしたからだった。

宿場の入口に立って、直次は街道に目をやる。

中仙道を使う旅人は限りなくあり、ひっきりなしに通り過ぎてゆく。駕籠や人や荷を載せた馬が行き過ぎた。

茶店でくつろぐ旅人の姿が目に付いた。

「板橋宿は怖いからね、ここで休んでいこう」

「ああ、それがいい」

そんな声が聞こえた。板橋宿で落とされるはずの銭が、蕨宿に落ちている。それは次吉郎らのお陰といってもよかった。

「繁盛ですね」

草鞋など旅の道具を商う店の親仁に問いかけた。

「ありがたいね。ずっとこれくらい売れたら大助かりさ」

仕入れがたいへんだと漏らした。何軒かの店の者に声をかけると、同じような返事があった。とはいえ、追剝に感謝をするようなことを口にする者は、さすがにいなかった。

岩津屋傳左衛門についても訊いてみた。次吉郎と繫がっているのは承知の上だ。すでに恩間が聞いていたが、さらに詳しくというつもりだった。

梅八は、次吉郎が板橋宿周辺を狙い打ちするのは、何者かに頼まれているからではないかと言った。それらしい者として、傳左衛門の他に頭に浮かぶ人物はいなかった。

「傳左衛門さんは、蕨宿を賑やかにさせたいと考えている。それはありがたいですねえ」

旅籠の番頭が言った。

「あの人は、蕨宿への思いが濃いから」

代々、蕨宿で生きてきた者だ。

「でもそれは、自分の儲けのためじゃないですか」

直次はあえて言ってみた。

「商人が、自分の儲けを考えて何が悪いんですか。ここで店を張る商人は、誰もが宿場が賑やかになることを願っていますよ」

そうこられると、返す言葉がなかった。

「このままだと、板橋宿を追い越すかもしれませんね」

と言ってみた。すると旅籠の番頭は、笑顔を見せた。

「そういえば岩津屋さんは、前にいつか板橋宿を追い越す宿場にしてみせると話していたことがありました」

「どうやってですか」

と尋ねてからはっとした。

「それに力を貸すのが、次吉郎ではないか」

そう思い至ったのである。岩津屋は、手段を選ばない者のように感じた。今のところ次吉郎は、その役に立っている。

そこで宿場の他の者にも、同じ問いかけをした。

「岩津屋さんが何を考えているかなんて、分かりゃしませんよ」

と返す者もいたが、それだけではなかった。

「あの人は、蕨宿を板橋宿以上にしてやると本気で考えているよ」

「ならば宿場の人は、頼もしいと思うでしょうね」

「そりゃあね。それだけの気概がある人は、ここには他にいない」

ならば岩津屋を諫《いさ》められる者は、蕨宿にはいないことになる。

また無宿者の集団がたむろしているようなところはないかとも尋ねたが、それについてはないと答えられた。

さらに一膳飯屋の女房や団子屋の主《あるじ》、古着屋の主人にも問いかけた。岩津屋や傳左衛門を悪く言う者はいなかった。

この日はそこまでで、板橋宿に戻った直次は、お路と喜兵衛とお久に耳にしたことを伝えた。

「傳左衛門は、次吉郎にやらせているのかもしれないね」

「そうだな。板橋宿や周辺の村については、次吉郎は詳しい。使いやすいかもしれない」

お路と喜兵衛は、思いついたことを勝手に口にしていた。

「追剝をした銭だけでなく、何がしかの金子を傳左衛門から貰っていたら、このあたりからは離れられなくなるんじゃないだろうか」

お久も言った。勝手なことを口にしただけだが、ありそうだとは思った。

三

次の日も、直次は一人で蕨宿に足を向けた。恩間は四宿見廻り役として、今日は千住宿へ行かなくてはならない。

夕刻になって合流する段取りだった。今夜も、追剝が出ないとは限らないからだ。恩間は、夕刻からの見廻りに、加わるつもりでいる。

「下っ端はどうでもいいにしても、梅八を捕らえられたからな。次吉郎や留吉には怒りの気持ちがあるだろう」

「そうですね。仕返しのつもりで、やるかもしれません」

昨夕に、見廻りをしながら恩間と話をした。

道端の柳の木が、青葉を芽吹かせ始めている。

直次は岩津屋の斜め向かいあたりに立って、店の様子を窺った。しばらく見ていると、傳左衛門が出てきた。

店の駕籠に乗り込んだ。板橋宿とは反対の方向へ走り出した。直次は後をつけた。

駕籠は街道を進み浦和宿を過ぎた。宿場を過ぎれば、田圃の道になる。しばらくして針ヶ谷《はりや》という集落があって、そこの百姓家へ入った。

建物は古いが、大きさからして小前の家だと思われた。

傳左衛門がそこにいたのは、四半刻《しはんとき》にも満たない間だった。そして次は大宮宿へ行った。

ここでは旅籠だった。ここにも四半刻ほどいただけで出てきて、それから蕨宿へ戻った。

直次は、訪ねた二軒を廻って、傳左衛門がやって来たわけを聞いた。それで、どちらも貸金についての話をしていたと分かった。

「返済の期日が迫っているので、念を押すためにやって来たのですよ」

旅籠の主人は言った。

「何かのときに借りるかもしれないので、岩津屋さんの利率を教えていただけますか」

「いや。あの人からは、借りない方がいいでしょう」

そう返された。

利率は年利二割五分で、なかなかの高利だ。たとえ借りたのが一日でも、一年分の利息を取る。

貸すときには愛想がいいが、取り立ては厳しい。当然とはいえ、蕨宿で貸すときとは、条件がまるで違った。

「借りたくはなかったが、他では借りられなかったので」

針ヶ谷の小前はそう言っていた。阿漕な金貸しだと付け足した。話には聞いていたが、そのとおりらしい。

「松丸屋でも、岩津屋から借りていたな」

と直次は思い出した。そして不安な気持ちになった。相手が阿漕な者であろうが誰であろうが、金は借りたならば利息をつけて返さなくてはならない。

そして少し驚いた。松丸屋は赤の他人だ。確かに重傷の自分を助けてもらったが、建物の修理やら、夜廻りやらに出て、それなりのことはしているという気持ちがあった。

いつ出てもいい場所だと思っているが、先のことを案じている。己以外の者の先を案じるなど、これまでなかった。

駕籠舁きたちは戻って来ると、また出て行く。そこで交わされるやり取りに耳を澄ませた。

前の客は酒手をはずんだとか、太っていて重かったとか、どうでもいいような話がほとんどだが、そうでないものもあった。

「あの客は、金を持っていたね。五十両は固い」

「なぜ分かるんだ」

「勘だね。身なりや仕草、目つきでぴんとくる。それに大枚を持っていたら、体つきの割に、重いような気がしねえか」

「言われてみれば」

それを聞いて、直次は納得した。直次は何年か賭場で働いたが、やって来た客を見れば、どれほどの金を持っているか、おおよその見当がついた。

証拠などない。すべて勘だ。

「追剝をするのに都合のいい者を探す目を、養っている者がいてもおかしくない」

人の懐を、長い間狙ってきた者の目だ。

しかし暗がりでは、見分けにくい。襲うのはおおむね暗くなってからで、白昼の襲撃はなかった。

それでも襲撃されたのは、ほとんどが金を持っている者だった。誰彼かまわず襲っているのではなかった。

直次は考えた。明るいうちに、誰かがどこかで見張っていて目星を付ける。それに伴って板橋宿に近づき、待ち伏せていた仲間が襲うのではないか。

そういえば、同じ渡し船に複数の一味が乗ってきて襲ったことがあった。これからも、同じことをするのか。

そこで宿場や荒川の船の渡し場などを、丁寧に検めた。怪し気な者はいたが、夕刻まで何かが起こる気配はなかった。

板橋宿に戻って、落ち合った恩間に見たこと考えたことなどを伝えた。

その日も見廻りをしたが、追剝は現われなかった。

「やつらにしたら、梅八を捕らえられたのは、痛かったのではないか」

「そうですね。昨日今日の仲間ではないわけですからね」

恩間の言葉に、直次は返した。

戻ってから、喜兵衛やお路にもその日の話をした。岩津屋の金貸しぶりについても触れた。

「うちも、岩津屋から借りています」

「大丈夫ですか」

喜兵衛の方から口にしたので、直次は問いかけた。

「それなりの額を借りていますが、毎月利息分だけはなんとか払っています。そうしないと、どんどん元金が増えてしまいますから」

「なるほど、そのほうがよさそうですね」

先日、岩津屋傳左衛門は松丸屋へやって来て、もっと貸してもいいようなことを口にしていた。だがその話に乗ったら、とんでもないことになるだろう。

「はい。そろそろ月末ですので、明日にも届けようと思っていたところです」

喜兵衛が答えた。暗くならないうちに戻りますよと続けた。

その日も恩間らと見廻りをしたが、追剝は出なかった。その夜、松丸屋に泊まったのは、大部屋の客二人だけだった。

繁盛していた旅籠も、宿泊者は激減している。賊を捕らえようとして、首謀者に逃げられた話が広がっていた。

「困ったものです」

喜兵衛はため息を吐いた。いつまでも旅人に素通りされていては、旅籠はたまらない。

だが、お路はめげずに、明るい間に煎り胡麻の蒸かし芋を松丸屋の軒下で売ったとか。

「用意した分は、すべて売れました」

嬉しそうに、直次に伝えてきた。明日は蒸かす赤甘藷の量を増やすそうな。

四

翌日も、直次は蕨宿へ足を向けた。恩間は品川宿で、用を済ませ次第こちらへやって来る。直次の今日の動きについては昨夜のうちに伝えていた。

懐には、借り物の匕首を呑んでいた。

怪し気な者を探る。昨日は見かけなかった無宿者ふうがいる。

「はて」

道の端に寄って、立ち止まって様子を窺う。しかし見る限りでは、三、四人くらいが一緒にいて、七、八人集まる姿はなかった。

次吉郎の一味で様子を探るのは、一人か二人だろう。人に怪しまれてはいけない。

昨日不審に感じて、今日も顔を見かける者がいないか探った。すると一人、宿外れで座り込んでいる中年者がいた。

身なりは無宿者並みに粗末だった。町の者に尋ねた。

「あの男は、よくあそこにいますかい」

「ああ、そうだね。宿場の者だよ」

ああやって座り込んでいて、雑用を頼まれるのを待っているのだという。その駄賃で暮らしている。

ならば一味ではない。

昼下がりになって、蕨宿を一通り歩いた直次は渡しの船着場近くへやって来た。ここでは、お茶や甘酒を飲ませる店が出ている。

甘酒屋は、昨日は出ていなかった。草鞋を売る店も出ていた。これも昨日は見かけなかった。

「おや」

草鞋を売っている男は、菅笠を被って俯《うつむ》き加減にしていた。日陰で、顔が半分見えないようにしている。

売ろうという気配を感じなかった。

それで直次は、船着場にいた土地の老人に問いかけた。

「あの草鞋売りは、毎日来ていますか」

「毎日ではないが、何日かに一度くらい、今頃から姿を見せているね」

「宿場の人ですか」

「そうじゃないと思うが」

二月ほど前からだという。日にちを改めて訊いてみた。

「ええと」

はっきりとは、思い出せないようだ。そこで直次は、追剝のあった日を挙げてみた。

「そういえば」

指を折って考え、一日一日を振り返ったらしい。その日にちを告げた。

追剝のあった日は、おおむね姿を見せていた。

気になって様子を探った。

男は通り過ぎる旅人に目をやる。笠を持ち上げたところで、顔が見えた。

「あれは」

と気がついた。見覚えのある顔で、忘れはしない。滝野川村のあの小屋で、次吉郎とおぼしい男と一緒にいた者だった。

今日は、身なりを粗末にしていた。

留吉だと見做《みな》している男だ。おどおどした様子は微塵もない。影のように、そこにいるだけの男になっていた。

「それでも、獲物を狙っている目だな」

直次は呟いた。

すぐにでも捕らえたいところだが、留吉だけでは意味がない。そのまま様子を窺うことにした。

対岸からの船が着いた。旅人が降りてくるが、留吉らしき男は、それには目もくれなかった。

その船から、喜兵衛が降りてきた。岩津屋へ利息を払うと言っていたのを思い出した。腰に、護身用の長脇差を差している。

喜兵衛は直次の気持ちを察したのか、目が合っても挨拶はしなかった。

草鞋を買う旅人は、それなりにいた。宿場で買うよりも安めの値をつけていた。売っている草鞋は、初めから多くはなかった。

日が徐々に西に傾いた。

「えいほ、えいほ」

　そのとき駕籠がやって来た。供らしい小僧がついていた。船着場の手前で、旅人が駕籠から降り立った。

　商家の主人ふうで、身に着けているものは上物だった。腰には長脇差。旅人は商人でも防犯のために腰に差している。

「懐には、銭があるな」

　旅人を見て、直次は口にした。渡し船は出たばかりだったので、次の船までしばらく待たなくてはならない。

　それから草鞋売りの方へ目を向けると、その姿はなくなっていた。

「素早いぞ」

　襲うのだろうと直次は考えた。自分が襲うならば、駕籠から降りた商家の主人ふうを、いい鴨《かも》だと感じるだろう。

　担ってきた駕籠舁きは、岩津屋の者だ。

　ならば留吉はいなくなっても、川向こうの板橋宿近くで姿を見せると考えた。

　対岸に向かう渡し船がやって来た。

　乗客が降りると、こちらからの旅人が乗り込む。

　目当ての主人ふうと小僧は乗り込んでいた。直次も他の客に紛れて、船尾に近い船端際《ふなばたぎわ》に腰を下ろした。乗り込んで少しすると、喜兵衛も姿を見せた。

直次に気がついたが、知らんふりをしていた。

出発となった。そこで一人が、飛び乗って来た。

「おお」

それが先ほどの留吉とおぼしい男だった。菅笠を被ったままだが、直次には分かった。

艪《ろ》の音を立てて、船が岸辺を離れた。

何事もないまま、板橋宿側に着いた。この頃には、道に薄闇が這い始めている。

下船した者たちは、足早に船着場から去って行った。

旅人の主従も、そのまま歩き始めた。直次は留吉らしい男に目をやっていた。

男は主従から数間後を、同じ速さで歩き始めた。

直次はその後ろを、喜兵衛と共に歩いて行く。

「あっしから離れてください」

「これから、ことが起こるわけですね」

喜兵衛は、強張《こわば》った顔になって返した。

「おそらく」

「ならば私も一緒に歩きましょう。何かの役に立つかもしれない」

直次は一人きりだ。それを慮《おもんぱか》ったのだ。

「無茶はしないでくださいね」

「分かっているさ。あんたもだよ」

喜兵衛が答えた。

宿場の若い衆による見廻りの刻限は、もう少し日が落ちてからになる。滝野川村で逃げたのは次吉郎と留吉を含めて七人だった。

何人来るか分からないが、一人でも戦うしかなかった。

五

一面川べりの野原道で、彼方に志村の集落が見える。西日がだいぶ低くなった。川風が吹き抜けて、道端の草木が揺れた。

同じ船で降りた旅人のほとんどは、一団になって足早に歩いて行く。主従は、それらについて行こうとはしなかった。

追剝のことは知らないのか。

雑木林が近づいてきた。このときだ。樹木や草叢《くさむら》の間から、顔に布を巻いた男たちが、主従の行く手を遮った。五、六人はいた。

「な、何だ」

仰天する主従。振り返って逃げようとすると、背後にいた留吉らしい男が両手を広げて行く手を塞いだ。

その後ろを、直次や喜兵衛が歩いていることは承知のはずだった。けれども賊は、気にしていなかった。

どうせ逃げ出すと踏んでいたのか。

追剝たちは、いっせいに長脇差や匕首を抜いた。留吉らしい男もだ。主従も長脇差を抜いた。

身構えたが、腰が引けている。得物の扱いに慣れているとは思えなかった。逃げたいが、逃げられないといった様子だ。

賊が、主人ふうに一撃をふるった。無駄のない動きだ。主人ふうは長脇差でかろうじて避けたが、体はぐらついていた。

「この野郎」

匕首を抜いた直次は、主従に斬りかかった賊に駆け寄った。匕首を突き込みながら、躍りかかった。目の前に、男の肩先があった。

気がついた相手は避けようとしたらしいが、こちらの動きの方が速かった。ぐさりと肉を突き刺す感触が、手に伝わってきた。

「うわっ」

長脇差を放り出して、男が地べたに転がった。匕首は、肩に刺さったままだった。

直次は落ちた長脇差を拾った。すぐに身構えた。

直次に向かってくる相手は三人いた。まず迫ってきたのは、斜め前からの長脇差だった。勢いがついている。風を斬る音がした。

直次は前に出ながら、落ちて来た刀身を払った。目の前にあった小手を突こうとしたが、横手から迫って来る匕首に気がついた。

目の前の小手を突いていたら、横手からの匕首にやられる。直次は、斜め後ろに身を引いた。

匕首を突き出してきた男の体には、勢いがついていた。直次に身を引かれて、体の均衡を崩していた。

とっさには止まれない。直次はその肩に、長脇差の一撃を振り落とした。

「ぎゃっ」

声を上げて、突きかかってきた男は倒れた。

しかしそれで、動きを止めるわけには行かなかった。斜め後ろにいた男が、長脇差を突き出してきていた。こちらの脇腹を狙っている。

直次は振り向きざま、長脇差を突き出した。刃と刃がぶつかって擦れ合った。それで押し合いになったが、直次の方が膂力《りょりょく》はあった。

「やっ」

相手の小手を打っていた。ぐらついた男の体が、後ろに下がった。

けれどもここで、絶叫が上がった。ごく近くからだ。目をやると、商人主従の小僧の方が、斬られたらしかった。

「ぎゃあっ」

やったのは、留吉ではないかと見た者だった。

そこへ打ち掛かろうとした直次だが、一撃を突き出して来た者がいた。初めにはいなかった者だ。新たに現われた者だと察した。

直次はその切っ先を、撥ね上げた。迷うことなく、その小手を打とうとした。

しかし目を凝らしたときには、刀身が消えていた。

慌てた。次の動きが見えない。

刃先が見えなければ、受けることができなかった。

斜め後ろに風を感じて振り返った。目の前に、消えていた切っ先が迫ってきていた。

刀身の向きを変えて、これも撥ね上げた。寸刻でも遅れていたら、喉首を突かれていた。

ここで直次は、攻めに転じようとしたが、新たな一撃が今度は肘を目がけて襲ってきた。迫ってくる刀身は、一瞬も止まらない。

これまでの相手とは、格が違った。

体を斜めにした直次は、肘を狙った一撃をかろうじて避けた。けれども迫りくる刀身の、次の動きが見えない。

刀身が目の前から消えてしまうからだ。

突き出された後の、刀身の引きの素早さが、直次を混乱させた。

風を斬る音が聞こえた。すぐ間近だ。頭の側面を狙う動きだと気づいて身をかわそうとした。けれども手にある長脇差で払おうとしても、間に合わないと感じた。

「ああ、ここまでか」

そう考えたとき、横から新たな切っ先が飛んできた。迫ってきた一撃を、撥ね上げたのである。

誰かと見ると、恩間だった。千住宿での用を済ませて駆けつけてきたのだ。

敵と直次の間に入った恩間は、向かってくる刀身を押し返した。

「旅の商人を守れ。やられるぞ」

それで直次は、すぐ近くで縺《もつ》れ合う二人に目をやった。商人を襲っているのは留吉だと見た男だ。

恩間に告げられた通り、商人は相手の攻めをやっとのことで受けていた。もう持たない。直次は間に飛び込んだ。

突き出された刀身を撥ね上げた。そのまま切っ先を回転させて、相手の肘を狙った。直次の突きは、敵の袂を切り裂いた。

前の敵よりもこちらの方が、戦いやすかった。

直次は相手の腹を目指して突いた。相手は身を横にして払ったが、近くにいた他の賊と向かい合っていた男とぶつかった。

男は喜兵衛だった。喜兵衛も長脇差を抜いて、賊と対峙していたのだった。

直次の一撃から身を引いた男は、喜兵衛の腕を引き寄せた。直次の攻撃に対して、盾にしようとしたのである。

「そうはさせねえ」

地べたを蹴って、直次は賊に飛び掛かった。長脇差の切っ先を前に突き出している。

相手は喜兵衛を突き飛ばし、長脇差を振って一撃を避けようとした。しかしこちらの方が速かった。

直次の切っ先は、相手の腹に突き刺さっていた。

「ううっ」

呻き声を漏らして、男の体が揺れた。直次はその腰に足を掛けて、刺さっていた長脇差を引き抜いた。噴き出した血を避けて、体を横に飛ばした。

「とう」

ほぼ同時に、恩間の掛け声が響いた。目をやると、恩間の刀の切っ先が、相手の右手の甲を突いたところだった。

いけたかと思ったが、浅手らしかった。

相手はそのまま身を後ろに引いた。直次には手強《てごわ》い相手だったが、恩間を凌駕する腕ではなかったようだ。

恩間は逃がさない。さらに攻めようとして身構えた。直次は、じっとしてはいない。賊の後ろ側へ駆け込んだ。逃げ道を塞いだのである。

すると賊は、脇にいた仲間の一人の襟首を摑んで引き寄せた。羽交い締めにすると、首筋に長脇差の切っ先を当てていた。

「邪魔だ、どけ」

賊は、直次に命じた。

「どかねえと、こいつの命はねえぞ」

と続けた。

「何をほざきやがる。そんな虫けらのような無宿者一匹、盾にして何になる。そのまま突き刺してやるまでだ」

直次は叫んだ。恩間もそのつもりで身構えているのが見えた。

「そうか。おめえだって無宿者じゃあねえのか。無宿者が、無宿者を虫けらとして殺すのか」

「えっ」

相手は、自分が何者か知っていると察した。

「そうだ、おれは無宿者だ。ならばおれも虫けらだ」

呟いた。無宿者は、人間扱いをされなかった。それが悔しかった。

胸に躊躇いが湧いた。

このときだ。賊を目がけて、何かが飛んだ。それが賊の首筋に突き刺さった。

「うぐっ」

賊は無宿者を摑んでいられなくなって、手を放した。飛んできて首筋に突き刺さったのは、恩間が投げた小柄《こづか》だと分かった。

無宿者は何か叫びながら逃げ出した。

恩間は迷う様子もなく踏み込んで行くと、賊を袈裟《けさ》に斬りつけた。賊は声を上げることもできず、前に倒れた。

刀についた血を懐紙で拭きとり、納刀をしてから恩間は直次に言った。

「こやつらは、ただの無宿者ではない。人殺しの盗人だ。迷うことなどない」

言われてみれば、もっともだ。今するべきは、旅人を守ることだった。

三日前は、初めて人を斬ったとして、何か思うところがあったらしかった。しかし今日は、四宿見廻り役として、迷いのない動きをしていた。

六

濃い血のにおいがして、何人かの賊が倒れている。ぴくりとも動かない者もいたが、立ち上がれず呻いている者もいた。逃げ出した者も、何人かいたのは確かだ。

商人が、何か叫びながら倒れている小僧の傍へ寄った。

「し、しっかりしろ」

肩を斬られていたが、息はしていた。

そこへ松明を手にした、宿場の見廻りの者が駆けつけてきた。戸板で、近くの百姓家へ運ぶ。医者を呼んで、手当てをしなくてはならなかった。

「金子は無事でしたが、小僧に何かあっては」

懐には、集めた売掛金四十二両が入っていたとか。主人は小僧について、百姓家へ向かった。

賊でも生きている者は、医者に見せる。直次と恩間は、倒れている者を検めた。倒れていたのは五人で、そのうち二人は息をしていなかった。一人は、首に小柄が刺さっている者だった。

顔に巻かれた布を剝ぎ取った。歳は三十をやや過ぎたあたりで、滝野川村の燃えた小屋で目にした者だった。

「こいつが、次吉郎だな」

「へえ」

動けないだけで、意識のある賊に確かめた。

「死なせてしまったのは、しくじりだった」

恩間は忌々《いまいま》し気に言った。次吉郎がなかなかの喧嘩上手だったことは、相手をした直次もよく分かっていた。あの場面では、とどめを刺すしかなかったと感じた。

直次が腹を刺した賊は、虫の息だがまだ生きていた。顔の布を剝がした。

「これは、留吉です」

との証言を得た。

「生かして、証言をさせなくてはならねえぞ」

息のある者を、見廻りの者たちが戸板に乗せて百姓家へ運んだ。人を診る医者を、若い衆が連れてきた。

恩間は、意識のある賊に、問いかけを続けた。滝野川村から逃げた後のことを訊いたのだ。

「小屋が燃えて逃げたときは、次吉郎と留吉は一緒だった。それにおれたち二人が加わったんだ」

「梅八が捕らえられたことは、知っていたな」

「ああ。だから次吉郎と留吉は、怒っていた。それで人を集めて、今日、仕返しをすることになった」

やり口についても訊いた。

「留吉が蕨宿や船着場で、金を持っていそうで襲えそうな者を選んだ」

つけて渡し船に乗った。他の者は板橋宿寄りの街道で待ち伏せていて、留吉からの合図を受けたところで襲い掛かった。

「これまで二、三人で、待ち伏せて襲ったこともあった。ただそのときは、実入りが少なかった」

「留吉は旅人を見て、金のあるなしを見極めたわけだな」

「そ、そうだ」

ここまでは、おおむね梅八から聞いたことと重なった。

「なぜ板橋宿の近くでばかり襲ったのか」

これについても、確認をした。

「知らねえ」

「そうか。ならばお前を殺そう。もう一人くらい死んでも、こうなったら変わらない」

恩間が脅した。

「はっきりしたことは分からねえが」

「それでもいいから言え。おまえのためだ」

笑みを浮かべ、優し気な口ぶりになった。ただ脇差の鯉口《こいぐち》は切っている。男は体を震わせた。

「い、岩津屋に頼まれたと聞いたが」

声が掠れている。額には脂汗が浮いていていた。

「誰から聞いた」

「仲間内での噂だ」

次吉郎は、岩津屋と会っていた。密談の場にはいなくても、その後のやり取りを耳にしていれば、見当はつけられた。

「梅八の話とも繋がりますね。岩津屋は、指図をしたのではないでしょうか」

直次は言った。

「そうだな。だが無理だ」

恩間は決めつけるような口調で言った。

「梅八の言葉だけでは、どうにもならぬ。ましてやこんな下っ端がしていた噂話というだけでは、お白州《しらす》に出たら証拠にならねえだろう」

したたかな岩津屋傳左衛門が、認めるわけがない。

「留吉が命を取り留めたら、確かなことを聞けるでしょうがね」

それを願うしかなかった。刺したのはまずかったが、それは後になって思うことだ。

「とはいえ、これで追剝はなくなります」

喜兵衛が言った。喜兵衛も、掠り傷程度は負っていた。

「よくやってもらって、助かりました」

直次は礼を言った。

恩間と宿場の問屋場へ行き、待機していた藤右衛門に事情を伝えた。藤右衛門は安堵の顔で、恩間の話を聞いた。一報は若い衆に走らせて伝えていたが、詳細を話したのである。

それから直次と喜兵衛は、松丸屋へ戻った。

「小僧さんの容態が気になりますね」

話を聞いたお路は言った。手放しでは喜べないといったところだ。

「でも二人が、無事でよかった」

お久が口にした。居ても立ってても居られない気持ちで、帰りを待っていたのだろう。

今夜の宿泊客は一人だった。

「これからは、もっと増えますよ」

喜兵衛も安堵の顔で言った。商いの先行きを考えたのだ。

口には出さないが、岩津屋への返済のこともあるだろう。客が減るばかりでは、利息の払いもできない。それはお久とお路も同じ思いのはずだった。

四人で食事をすることになった。この日は菜が一品多く、酒も出された。

「飲めるんでしょ」

お路が言った。喜兵衛も、少しならば飲めるらしい。

「いただきやす」

酒は、熊切屋にいたとき以来だ。手に取った猪口《ちょこ》を差し出すと、お路が酌をしてくれた。

その酒を、一気に飲み干した。全身が熱くなった。

「いい飲みっぷりじゃないか」

「いやあ」

これで直次は、松丸屋にいる理由はなくなった。最後の夜だと思った。

七

旅籠の朝は早い。たった一人の客は、まだ暗いうちに旅立った。

「またのお越しを」

お路と喜兵衛が見送った。早出の旅人が、すでに街道を歩いている。お路は蒸かし芋の支度を始めた。

胡麻を炒《い》るにおいが、鼻をくすぐってきた。赤甘藷は、多めに仕入れていた。松丸屋の名物になるかもしれない。

直次は裏口から外へ出た。

怪我で運び込まれたときと同様、手ぶらのままだった。懐には、調べの際に使えと恩間から貰った小銭が少しばかり残っていた。

「松丸屋から、黙って拝借」

などと考えた時期もあったが、今はそんな気持ちにはならなかった。松丸屋の面々のお陰で体が元通りになった。

街道は使わず、王子村方面に向かう。行く当てはないが、己の身一つならばどうにかなると思っていた。

未練がないわけではないが、腹は決まっていた。

「直次さん」

数歩行ったところで、呼び止められた。お路の声だと分かった。

「どこへ行くの」

はっきりした、力のこもった声だ。二度と戻らないつもりでいるが、その気持ちを察している様子だった。

「いえ、ちょっと」

振り向かずに答えた。振り向くと、気持ちが揺らぎそうだ。

「行く当てはないんじゃないかい」

「……………」

「ならばここにいれば、いいじゃないか」

「そうだよ。あんたがいて、いろいろやってくれたら助かる」

そう言ったのは、喜兵衛だった。振り向くと、そこにはお久の姿もあった。

「ここへ来る前に、あっしが何をしていたか、ご存じなんですかい」

と言ってみた。

「聞いていますよ。お路からね」

喜兵衛が答えた。

「厄介者を、背負い込むってえことですぜ」

「何が厄介なものか。あんたはうちのためにも、宿場のためにも役に立った」

「ちっとばかりのことでさ」

嬉しい言葉ではあった。まともなことで「役に立った」と言われたのは初めてで、胸に染みた。

「うちにいても、たいした給金は出せないが、しばらくここで辛抱すれば、宿場での人別《にんべつ》も取れるようになるだろう」

「そうだよ。あんた、この宿場の人になればいい」

お路が続けた。熊切屋も無宿者の自分を受け入れてくれたが、やらされたのは裏稼業の仕事だった。そして都合が悪くなって、捨てられた。

ここでの先行きがどうなるかは予想もつかないが、しばらくいてもいい気がした。

「ありがてえ」

自然に言葉が出た。行く当てのない無宿者の暮らしがどのようなものか。強がりを口にしたが、よく分かっていた。

「そうかい。よかった」

お路が言って、喜兵衛とお久が頷いた。

「ならば宿場の年寄役の藤右衛門さんのところへ行こうじゃないか」

「えっ」

と気持ちが怯みかけたが、喜兵衛は歩き始めていた。お路に背中を押されて、直次はついて行く。

問屋場の朝は、賑やかだ。荷運び人足の掛け声だけでなく、馬の嘶《いなな》きや蹄《ひづめ》の音が聞こえる。

喜兵衛は、藤右衛門を呼び出した。

「昨夜は、よくやって下さった」

藤右衛門は直次に目を向けると、頭を下げてそう言った。直次が答礼をすると、藤右衛門は続けた。

「先ほど、百姓家で怪我人の手当てをしていた医者が戻ってきました」

怪我人がどうなったかは、気になっていた。ただ宿場を出ると決めていたので、後は恩間や藤右衛門に任せるしかないと思っていた。

「どうなりましたか」

「小僧さんは、助かるようです。明け方、目を覚ましたとか」

重傷だが、安静にしていれば命に別状はないという話だった。

「それはよかった」

胸を撫で下ろした。

「留吉の方だが」

表情が曇った。

「亡くなったんですね」

「明るくなる前だそうです」

「そうですか」

失望は大きかった。これで次吉郎と岩津屋傳左衛門との関係を、はっきりさせることができなくなった。

追剝は出なくなるにしても、すっきりとしない結果となった。

ここで喜兵衛が口を開いた。気分を変えるような、明るい表情だった。

「この人に、うちで働いてもらうことにしました」

「ほう」

「近いうちに、人別にも入れてもらいたいと思います」

「なるほど。宿場に降りかかった厄難を除いてくれたのですからな。松丸屋さんにとっても、助けになるでしょう」

藤右衛門は頷いた。そして続けた。

「初めは余所者扱いをする人もいるかもしれないが、気にはしなさんな。あんたの昨夜の功は、宿場中に広がっている。あんたを受け入れる人は大勢いるだろう」

「ありがてえこって」

するりと礼の言葉が出た。藤右衛門は、歓迎している。自分がいていい場所ができたことになった。

問屋場の建物の脇には、厩舎《きゅうしゃ》があった。人や荷を載せる馬だからあらかた出払っていたが、一頭だけ怪我をしたらしく横たわっていた。

その脇に熊がいると思ったが、そうではなかった。汚い身なりの男が、手当てをしている。午拾だった。

見ていると、午拾はちらと顔を向けた。直次と目が合うと、片手を上げた。知り合いと会ったときの、当然の挨拶といった感じだった。

直次も片手を上げて返すと、午拾は動かしていた手を止めて言った。

「定之助だが、あんなに怪我をしていながら、昨日はやけ酒を飲んだらしい。よほど収まりがつかなかったんだろう」

「それでは傷が」

「ああ、今日は呻いているよ。愚かなやつさ」

それから午拾は、馬の手当ての続きにかかった。真剣な眼差しだ。

脇で心配そうな馬子が、その様子を見詰めている。

何があったかは知らないが、午拾は馴染んだ土地を出て流浪の日々を過ごした。そして二十年前に、板橋宿へやって来たと聞いた。

「あの人は、今ではすっかり宿場で欠かせない者になっている」

直次は呟いた。そして二十年後に、自分はどうしているかと考えた。すると唐突に、お路の顔が頭に浮かんで慌てた。

午拾が何かしたらしい。馬がひひんと嘶いた。

解説

理流

私が管理人を務める「時代小説ＳＨＯＷ」は、一九九六年に開設した、時代小説を紹介するサイトだ。ちょうど、二〇〇〇年前後にジャンルとして確立した文庫書き下ろし時代小説とともに育ってきた面があり、このジャンルにも強い思い入れを持っている。

千野隆司氏は、早い時期から文庫書き下ろし時代小説を手掛けていて、二〇一八年には、「おれは一万石」シリーズ（双葉文庫）と「長谷川平蔵人足寄場」シリーズ（小学館文庫）で、第七回歴史時代作家クラブ賞（現在の日本歴史時代作家協会賞）シリーズ賞を受賞している。その後も新刊を次々に出し、読者に圧倒的に支持されている、文庫書き下ろし時代小説をリードする作家の一人だ。

読み続けられる秘密は、読み味の良さ、読後の爽快感にある。人気の作品には共通項がある。まず、若者が若い娘と出会って恋に落ち、そこから関係を作り上げていくという「ボーイ・ミーツ・ガール」が構成の根幹をなしていることが多い。また、若殿だったり、旗本の部屋住みだったり、駆け出しの同心だったり、棒手振りの子や江戸に出てきた農民の子もいた。いろいろな職業の若者が、苦難の末に、自身の努力と才覚、周りの人の手助けがあって、大きなことを成し遂げるというサクセスストーリーであり、問題を解決し悪を退治するという、痛快な勧善懲悪の物語になっていることも大きい。

勧善懲悪はともすれば、ワンパターンになり、マンネリに陥る恐れもある。が、著者は、毎回趣向を凝らした設定で、主人公にさまざまな試練を与えて読者を飽きさせない。たとえば、「おれは一万石」シリーズでは、藩財政の金欠、世継ぎ問題、政争、飢饉《ききん》と一揆《いっき》、国替え、大奥問題……と、一万石の小藩にこれでもかというぐらい存亡の危機が訪れる。その苦境を主人公がいかに乗り越えていくかが最大の読みどころとなっている。また、物語の中で触れられる、江戸の政治や経済、社会に関する知識が学べるのも、楽しみの一つだ。

さて本書は、江戸の北に位置する宿場町板橋宿を舞台にしている。板橋宿は中仙道六十九次の最初の宿場で、江戸四宿の一つ。ほかは、東海道の品川宿、日光街道・奥州街道の千住宿、甲州街道の内藤新宿。板橋宿の平尾追分で中仙道と分岐して、川越城下に通じる川越街道の起点でもあり、品川宿に次ぐ賑わいがあった。板橋宿は、江戸に近いほうから平尾宿、仲宿、上宿と並ぶ三つの宿の総称である。中心の仲宿には、本陣や問屋場《といやば》、貫目改所《かんめあらためしよ》が設けられていた。問屋場は、街道の宿駅で、参勤交代の大名や旅人らに人馬を提供し、彼らの荷物を次の宿場まで運ぶ継立業務と、幕府公用の書状や品物を次の宿場に届ける飛脚業務を行っていた。貫目改所は、幕府が街道往来の荷物を検査するために設置した機関で、問屋場に併設されていた。

天保十四年（一八四三）には、旅籠は五十四軒あったという。旅籠の中には多数の飯盛り女を置くところもあって、旅人でなくても江戸や近隣の村などから足を向ける者がいた。旅籠松丸屋は上宿にあって、喜兵衛とお久の夫婦と、美人で勝気な娘のお路の三人で営んでいる。建物は古く、飯盛り女も置いておらず、宿内では指折りの繁盛しない旅籠で、少なくない借金もあった。しかも、この二か月ほど、板橋宿では旅人を狙う追剝が出没していた。中には十人くらいで囲んで金子《きんす》などを奪い取ることもあり、宿に泊まる客人も大きく減っていた。

上宿で有名なスポットは、五千四百五十石の旗本・近藤登之助《こんどうのぼりのすけ》（祖先は井伊谷《いいのや》三人衆の一人として知られる近藤康用《やすもち》）の抱屋敷《かかえ》にあった「縁切り榎《えのき》」。その下を嫁入りの行列が通ると不縁となると信じられた不吉な名所であったが、庶民の間では、男女の悪縁を切ることや、断酒などが祈願されて信仰を集めた。文久元年（一八六一）に皇女和宮が十四代将軍徳川家茂に嫁ぐ際、縁起が悪いとして縁切り榎を避けて、「蕨《わらび》から荒川堤へ、それから川口へ出て赤羽の渡しをわたり王子へ出て、そしてまた本郷から板橋へ舞戻るという大廻りをした」と、有吉佐和子氏の小説『和宮様御留《おとめ》』にも記されている。

直次は、地回りの手伝いをしている若者。常陸《ひたち》国（現在の茨城県）の小作百姓の次男坊だが、六年前、十五のときに江戸に出さえすれば何とかなると、在所を捨てて江戸へ出てきた。ところが、元手がないので振り売りもできず、請け人もいないので裏長屋を借りることもできなかった。ぐれて強請《ゆすり》やたかり、かっぱらいをして暮らしていたときに、地回りの親分である熊切屋猪三郎に拾われた。賭場の手伝いや喧嘩騒ぎに駆り出されるなどしていたが、今では小日向茗荷谷町《こびなたみようがだにまち》の空寺内の賭場で客人の世話をする案内役をまかされるまでになっていた。

その日、猪三郎の賭場に、奉行所の御検めが入った。常々、「何があっても捕り方に歯向かうんじゃねえ」と言われていたが、直次は、逃げ遅れた客を逃がすために、匕首《あいくち》を抜いて、刺股を手にした捕り方の前に出た。刺股で左の二の腕を深く突き刺され、誤って匕首で捕り方の腹を刺してしまった。捕り方に追われ、江戸はもちろん、熊切屋へも戻れない。とんでもないことをしてしまったという怖れが全身を駆け回り、暗闇の道を走って逃げた。

その朝、お路は縁切り榎近くで旅人を襲う追剝に遭遇し、お路も追剝の一人に突き倒されて、上から押さえつけられる。あわやというとき、片手の袖を赤黒く染め、血に塗《まみ》れた男直次が現れ、お路を襲おうとしている男に杖替わりに持っていた錫杖《しやくじよう》を突き出して、賊を追い払った。しかし、直次は、前夜の賭場の御検めで負った怪我がもとで、そのまま意識が朦朧として倒れてしまう。お路は、命懸けで助けてくれた恩人直次を松丸屋へ連れて帰り、怪我が治るまで置いておくことに。「治ったら、路銀を拝借しておさらばさ」と考えていた直次だったが、怪我の理由やこれまで何をしてきたかを穿鑿《せんさく》せずに置いてくれる松丸屋での生活に次第に慣れていく……。

喜兵衛に親切ごかしに金を貸す、蕨宿の駕籠屋岩津屋の主人傳左衛門。お路の幼馴染で、仲宿で代々続く提灯屋下野屋の若旦那定之助。二十年くらい前に板橋宿に流れ着いた馬医者の午拾《うまじゆう》。五百石の旗本の次男坊で、五街道とその脇往還を取り締まり監督する道中奉行の配下で江戸四宿見廻り役をつとめる恩間満之助ら多彩な人物が登場する。

宿場を舞台にした時代小説は少なくないが、その多くは旅人の視点から描かれている。本書は、旅人を受け入れてもてなす側の旅籠に視点を置いているのが面白い。板橋宿に新たな居場所を見つけた直次がどんな体験をして成長し、お路と二人で苦境を乗り越えて旅籠を繁盛させていくのか、この後も興味がつきない。

（りりゅう／「時代小説ＳＨＯＷ」管理人）

――本書のプロフィール――

本書は、小学館文庫のために書き下ろされた作品です。

小学館文庫

めおと旅籠《はたご》繁盛記《はんじょうき》

著者 千野隆司《ちのたかし》

二〇二四年四月十日　初版第一刷発行

発行人 庄野 樹
発行所 株式会社 小学館
〒一〇一-八〇〇一
東京都千代田区一ツ橋二-三-一
電話 編集〇三-三二三〇-五九五九
販売〇三-五二八一-三五五五
印刷所 ―――中央精版印刷株式会社

この文庫の詳しい内容はインターネットで24時間ご覧になれます。
小学館公式ホームページ　https://www.shogakukan.co.jp

ISBN978-4-09-407346-1